— 書き下ろし長編官能小説 —

ふしだら熟女の家

九坂久太郎

竹書房ラブロマン文庫

目次

この作品は、竹書房ラブロマン文庫のために
書き下ろされたものです。

第一章　友達の母のHな胸元

1

「ねぇ充《みつる》、ビールはないの？」

グラスのコーラを飲み干して、彼女——蝶野晶《ちようのあきら》はつまらなそうに言った。

テーブルに片肘をつき、晶はまるで自分の家のリビングにいるかのように気を抜いている。

この家の主である神木《かみき》充は、少々呆《あき》れながら首を横に振った。

「ありませんよ。僕、まだ十八ですから」

すると晶は、からかうような笑みを浮かべる。「あら、知らないの？　今はもう、十八歳で成人なのよ」

「……お酒や煙草は、今でも二十歳からなんですよ」

「え、そうなの？」

きょとんと目を丸くする晶。どうやら本気で勘違いをしていたようだ。

彼女は、充が小学生のときの友達の母親である。初めて会ったのは充が五年生のときで、確かそのときの彼女は二十七歳だったはず。授業参観日にやってきた保護者たちの中では断トツに若かった。

あれから八年ほど経っているから、今は三十五歳だろうか。

しかし、あの頃と印象はほとんど変わっていなかった。少しばかり気が強く、息子を叱るときの彼女はなかなかに怖かったが、普段はとても優しくて、そして裏表のなさそうなところが充は好きだった。

(僕が遊びに行くと、お菓子とかいっぱい出してくれたよな)

晶はいわゆるシングルマザーで、女手一つで息子を育てていた。息子の父親がどんな男か、もちろん充は知らない。その息子本人も、父親とは一度も会ったことがないと、さして興味なさそうに言っていた。

(晶さん、今でも独身なのかな。美人だし、結構モテると思うけど)

綺麗《きれい》な顔立ちも相変わらずだ。ぱっちりとした大きな吊り目が実に魅力的で、それがまるで少女のようにコロコロと表情を変えるのである。

晶は、昔と同じように悪戯《いたずら》っぽく笑いながら言った。「でも、大学生なんて、飲み会やら合コンやらで、みんな毎晩飲んでるんでしょう？」

「飲んでませんよ……」

そういう学生もいるという話は聞く。が、充には無縁《むえん》のことだった。

夜間部の学生である充は、毎日の授業が終わるのは夜の九時過ぎである。平日は早朝六時からのシフトで、コンビニのアルバイトをしており、そのため起床時間は四時半。飲み会に参加するような時間的余裕はなく、授業が終わったらとっとと帰って寝てしまいたいのだ。

充はチラリとリビングダイニングの壁掛け時計を見る。そろそろ夜中の十二時だ。

（……晶さん、いつまでいる気なんだろう）

こんな時間に彼女が充の家に来たのは、奇妙な巡り合わせだった。

正月が終わったばかりの一月の寒い夜。大学の授業を終え、電車で地元駅まで帰ってきた充は、たまたま駅前のベンチに晶を見かけたのだ。

小学生の頃は、彼女の息子の一洋《かずひろ》と仲が良かったのだが、中学校に上がると、一洋は柄の悪い友達とつるむようになり、充とは徐々に疎遠《そえん》となった。充が彼の家に遊びに行くこともなくなり、晶と顔を合わせるのはそれ以来だった。

七年ぶりに再会した晶に、充は挨拶をした。声をかけてきたのが〝あの充〟だとわかると、晶は目を丸くして、驚きと喜びの声を上げた。

「へぇぇ、ずいぶん大きくなったわねぇ。充は今、大学生？」

彼女は昔から充のことは呼び捨てで、充にも自分のことを名前で呼ばせていた。おばさんと呼ぶと、それはそれは怖い顔で怒ったものだ。

充は彼女に、夜間の大学に通っていることを話した。一年半ほど前に両親が交通事故で亡くなったので、朝から昼過ぎまで、アルバイトで生活費などを稼ぎながら、学生生活を送っているのである。

それを聞いた晶はまた驚き、今度はなんとボロボロと泣きだした。

充と晶の息子は同じクラスだったので、晶は、充の母とも面識があったのだ。

晶はお悔やみの言葉を述べた後、「今からお線香を上げに行ってもいい？」と言いだした。

「え、今からですか？」予想外の申し出に、充は戸惑った。「気持ちは嬉しいですけど、もうこんな時間ですし……明日じゃ駄目ですか？」

しかし晶は、どうしても今夜がいいと言い張った。

昔からバイクが趣味だった晶は、今日も遠乗りをしてきたという。そばに停めていたバイクのハンドルを握り、手押しで動かしながら充を促《うなが》した。「さあ、行きましょう」

結局、充は断り切れず、こうして彼女が充の家にやってきたのである。

仏壇に線香を上げ、手を合わせる晶に、充はコーヒーを出そうとする。が、この時間のカフェインは眠れなくなると、晶は言った。仕方がないので、充はコーラを出したのだった。突然の来客だったので茶菓子の用意もなく、たまたまあったポテトチップスを一緒に勧めた。

二人でパリパリとつまみながら思い出話をし、こうして今に至る。

ビールを諦めてコーラをグビグビ飲み、ポテトチップスを頬張《ほおば》る晶に、充はおずおずと尋ねた。

「あの、晶さん、こんな時間までお家に帰らなくて大丈夫なんですか？」

彼女は未だ独身だという。ただ、今でも息子と同じ家に住んでいるそうなので、あまり帰りが遅いと、その息子が心配するのではないだろうか。

だが、指先の海苔塩をペロリと舐めて、晶は言った。「平気よ。一洋ももう子供じゃないんだから。お嫁さんだっているんだし」

「えっ……一洋くん、結婚したんですか？」

「そうなの。つい二か月前にね。今はあたしんちで新婚生活やってるわ」

一洋は高校を中退し、その後、ラーメン屋でアルバイトを始めたという。現在は正社員として働き、いずれは独立することを目標に頑張っているらしい。

彼は、店の常連客だった女の子と仲良くなり、付き合い始めるが、十八歳になるや、いきなり結婚したのだそうだ。

「あたしに一言もなく、急にその子を連れてきて、『俺たち、結婚したから』よ？まったくあの子は、ほんとに昔から勝手なのよねぇ」

「はあ……」

彼女の話を聞いて、充はピンとくる。

「もしかして、一洋くんのお嫁さんと、その……上手《うま》くやれてないんですか？」

嫁と姑《しゅうとめ》がいがみ合うという話は、充も聞いたことがある。

嫁と反りが合わなくて、晶は家に居場所がなくなってしまったのだろうか？　それで、こんな時間になっても帰りたくないのだろうか？

晶は顔をしかめて、ううんと唸った。

「別に、嫌いってわけじゃないのよ。うちのバカ息子と結婚してくれて、感謝してるくらいなんだから。でも……まあ、不満はあるわね」

一洋の嫁は現在、勤めに出たり、パートで働いたりはしていないという。自営業の仕事を持っているわけでもない。つまりは専業主婦だ。

にもかかわらず、家の仕事をろくにしないのだそうだ。食事がスーパーの惣菜ばかりなのはともかく、掃除も洗濯もほとんどやらない。そのくせSNSには『家事、頑張った』的な投稿を繰り返している。朝から晩までスマホを見てばかりいた。

業を煮やした晶が注意しても、嫁はのらりくらりと聞き流す。腹を立てて強めに叱ると、嫁は泣きだしてしまった。すると一洋が嫁をかばい、晶に文句を言ってくる。

一洋は、晶が嫁いびりをしていると言う。

「あたしのこと、意地悪ババア呼ばわりして、ほんと、ジョーダンじゃないわよっ」

晶はテーブルに力強く拳を置いた。「あの子がやらないから、あたしが仕事休みの日に家の掃除して、溜まった洗濯もしてるのよ？」

それで晶は今日、憂さ晴らしにバイクを飛ばしてきたのだそうだ。

しかし、まだ家に帰る気にはなれないという。

「ねぇ充、相談なんだけど」晶が妙に甘えた声を出す。「今晩、泊めてくれない？」

「うちにですか？　い、いや、それは……」

両親を亡くして以来、充は一人でこの家に住んでいた。

相手は、昔の友達のお母さん。とはいえ、一人暮らしをしている男の家に女性を泊めるというのは——。

充は思わず、彼女の胸元に視線を向けてしまう。

パーカーの胸元は、並外れたサイズで膨《ふく》らんでいた。その魅惑の丸みに、小学生だった充は性の目覚めを感じたものだ。

こちらの視線に気づいたのか、晶は妖しく頰を緩《ゆる》める。テーブルの対面から身を乗り出し、そしてこう囁いた。

「……泊めてくれるなら、エッチなことしてあげるわよ？」

啞然《あぜん》として、充は言葉を失った。

しばらくして我に返り、ブルブルと首を横に振る。

晶は少しムッとしたように眉根を寄せた。「なぁに、あたしなんてもうおばさんだから、別に嬉しくないっていうの？」

「ち、ち、違います……けどっ」

充がしどろもどろになっていると、晶はなんと、衣服を脱ぎ始めた。

椅子から立ち上がってパーカーを脱ぎ、その下のTシャツも脱ぎ、あっという間に両脚をスキニーのデニムパンツから引き抜いてしまう。

「ちょっ……あ、晶さん!?」

「ほら、どう？　あたしだってまだ捨てたもんじゃないと思うんだけど」

下着姿になった晶が、充の真横に来て、決めポーズの如く胸を反らした。

上も下も、いかにも普段使いという感じの、飾り気のない白の下着。だがそれが、気取ったところのない性格の彼女によく似合っていた。

しかしそんなことよりも、フルカップブラジャーに押し込められた乳肉のボリュームに充は心を奪われる。思わず目を見開いていると、

「ふふん、あたしもまだまだいけるみたいね」

満足そうな顔をした晶は、恥じらうことなくさらにブラジャーとパンティを脱ぎ、誇らしげに裸体を晒《さら》した。

その脱ぎっぷりにふさわしい、美しい女の身体。引き締まった二の腕や腰周り、太《ふと》腿《もも》は、まるで野生の獣のように逞《たくま》しく、それでいて女らしい曲線を描いていた。

「晶さん、今でもお仕事は……」

「ええ、引っ越しの運送会社で働いてるわ。力では、若い男の子たちにはさすがに敵《かな》わなくなってきたけど、まだ現役よ」

つまり、日々の肉体労働によって磨《みが》かれ続けた女体というわけか。確かに匂い立つような色気というより、健康的なエロスを感じる。

鍛えられた筋肉のおかげだろう。胸の形も実に美しい。それはまさに爆乳と呼ぶにふさわしく、片方だけで中玉スイカほどの大きさがあったが、その膨らみは重力に逆らうように丸々として、ロケットの先端の如く見事に盛り上がっていた。

「大きいでしょ。Hカップよ」

肉房を両手で持ち上げながら、晶が得意げに言った。

彼女の掌の上で揺れる乳肉はなんとも柔らかそうだ。充はゴクッと唾《つば》を飲み込む。

だが、充の目を虜《とりこ》にするものは、それだけではなかった。肉丘の頂には、鮮やかなピンクの乳輪が息づいている。

そこにはなぜか突起がなく、その代わり、縦に小さな溝が刻まれていた。

「ふふっ、やっぱり気になる？」

充の視線に気づいたようで、晶がクスッと笑う。「あたしのオッパイを見た男は、みんなそこが気になっちゃうのよねぇ」

晶の乳首は、乳輪の溝の奥に埋まっているのだという。陥没乳頭《かんぼつにゅうとう》というそうだ。

病気というわけではなく、こういう体質なのだとか。指などの刺激で乳首が外に出てくるものを〝仮性〟といい、どれだけ刺激しても引っ込んだままなのを〝真性〟というらしい。ペニスの包茎と同じである。

晶のそれは仮性陥没乳頭。刺激をすれば乳首を外に出すことができるが、それなりに手間がかかるので、赤ん坊の一洋に授乳するときは、諦めて粉ミルクを使っていたという。

「乳首が引っ込んだままでも、頑張れば授乳できたらしいんだけど、一洋はやっぱり吸いづらかったらしくて、すぐにイヤイヤしちゃったのよね」

明るく話す晶には、特にコンプレックスを抱いている様子もなかった。

充としても、少しも悪くは見えない。むしろ珍しいものを見せてもらえたことに喜びと興奮を覚えていた。こんなオッパイもあるのかと、まじまじと見入るほどに、乳輪に走る溝がなんとも艶《なま》めかしく思えてくる。

と、晶が手を伸ばし、充の股間をズボンの上からつかんできた。

「あっ……ううぅ」

「うふふっ、すっかり硬くなってるじゃない」

いつしかペニスは充血し、窮屈《きゆうくつ》そうにズボンを張り詰めさせていた。

彼女の掌がそれをキュッキュッと揉《も》んでは、なだめるように撫でてくる。すると、若勃起《わかぼっき》はますますいきり立つ。

「もうオチ×ポは我慢できなさそうね。ほら、早く脱いじゃいなさい」

「……は、はい」

こうなっては充も、もはや高まる肉欲に抗《あらが》えなかった。

異性の前で裸になるのは初めてのことで、恥ずかしさを感じつつも衣服を脱いでいった。覚悟を決めてパンツをずり下ろし、鎌首《かまくび》をもたげたペニスを露《あら》わにする。

すると今度は、晶が目を丸くした。

「やだっ、凄く大きいじゃない！」

たちまち彼女の瞳は輝き、充のイチモツに釘付けとなった。

「そ、そうですか？」ととぼけたものの、実のところ充は、以前から己《おのれ》の陰茎の大きさには密かな自信を持っていた。フル勃起した状態での長さは十五センチ強。巨根と呼ぶには若干足りないかもしれないが、太さの方はかなりのもので、一番太いところで直径が五センチ近くある。

「こんなぶっといオチ×ポ、初めて見たわぁ。まるで缶コーヒーみたい。指が回りきらないわ」

興奮した様子で、晶は何度もペニスの幹を握ってきた。その都度、快美感が込み上げてきて、鈴口からトロリとカウパー腺液が溢《あふ》れ出す。

「くううっ」

「あら、うふふっ、もうお汁が出てきちゃったの」

じゃあ、すぐに始めましょうね——と、彼女は充の手を取って、リビングダイニングのソファーに移動した。

充がソファーに腰掛けるや、晶はその前にひざまずき、天を衝《つ》く勢いの肉棒に顔を寄せた。小首を傾《かし》げて尋ねてくる。

「オチ×ポ、舐めてもらったことある？」

「なっ……ないです」

そもそも女性と交際した経験もない、紛《まご》うことなき童貞である。

充の返事に、晶はニヤリと頬を緩め、舌を伸ばした。

ペロリと裏筋が舐め上げられる。未知の愉悦《ゆえつ》がペニスを駆け抜け、充は思わず呻《うめ》き声を漏《も》らした。「おううっ」

舌から逃げるように肉棒がビクッと跳ねる。晶の朱唇がそれを追いかけ、大きく開くと、はち切れんばかりに膨らんだ亀頭を咥《くわ》え込んだ。

「んぐ……うむっ、うふぅぅ」

入っていく。入っていく。晶は苦しげに呻き、鼻息を乱しながら、極太の肉棒を少しずつ口内に収めていく。

しかし、ペニスの上半分を呑み込むのが限界のようだった。

晶は鼻で呼吸を整えてから、ゆっくりと首を振り始める。固く締めつけた唇が、肉幹に唾液を塗《ぬ》りつけながら往復していく。

(あ、あの晶さんが、僕のチ×ポにフェラチオしている……)

初めての口淫体験というだけでも感慨深いのに、それをしてくれているのが、子供の頃から知っていた女性なのだ。感情が溢れすぎて、頭がパンクしそうになる。

充は今日、まだシャワーも浴びていない。汚れた男性器を、晶は厭《いと》うことなくしゃぶり、むしろその舌で舐め清めてくれた。ヌルヌルした温かな粘膜が蠢《うごめ》き、亀頭や裏筋に絡《から》みついてくる。

「く、くうぅ……す、凄く、上手ですね」

膝を笑わせながら充がそう言うと、晶はチュポッと音を立てて肉棒を吐き出した。

「ふふふっ、あたし、十八年間シングルマザーだけど、その間、誰ともエッチしてないわけじゃないのよ?」

一人で子育てをする覚悟はあったが、性欲まで己のみで処理する気はなかったという。肉の欲求が溜まってムラムラしてくると、晶はバイクに乗って男を漁りに、いわゆる逆ナンをしに行っていたそうだ。

「実は、今日も行ってきたの。一洋と喧嘩してむしゃくしゃしていたから、仕事上がりに湘南まで走ってきたんだけど、いい男が全然見つからなくて……。でも、おかげで充の、こんな凄いオチ×ポに出会えたわ」

うふふっ、あーん。再び太マラを咥え込んだ晶は、大口を開けることにも慣れてきたのか、先ほどよりも少し速めに首を振りだした。八年前と同じく、オレンジ系のブラウンに染めたロングヘアが、なんだか楽しげに、リズミカルに揺れ動く。

口内では、舌が別の生き物のように躍動していた。巧みな口技に加え、晶はさらに指を肉幹に巻きつけ、根元をシコシコとしごいてくる。

「おうっ……て、手コキまで。それ以上されたら、僕……う、うぐっ」

自分で手淫をするのとは別次元の快感が込み上げた。彼女の愛撫が始まってからまだ二、三分しか経っていないのに、早くも限界が近いと感じていた。

そのことを訴えると、晶は上手に手心を加えてくれる。首振りと指の輪の往復をスローにし、舌の動きもいったん止まる。

おかげで射精感が少しずつ鎮《しず》まっていく。が、しばらくするとまた激しく責められた。充が切羽詰まった悲鳴を上げると、また手心の愛撫。

「くおぉ……ふ、ふうっ……あ、あ、ひっ」

「んふふぅ、ちゅむ、じゅぷ、んっ、んっ、ちゅぶぶっ」

苦悶する充を見て、妖しい笑みを浮かべる晶。その淫靡《いんび》な上目遣いに、充はますます高ぶってしまう。

あまりに早く射精してはみっともないので、歯を食い縛って懸命に堪《こら》えようとしてみたが、初めてのフェラチオの快感はとても我慢しきれるものではなかった。

肉棒が今にも破裂しそうにジンジンと疼《うず》き、充は息を詰まらせながら告げる。

「あ……晶さん……出ちゃいます、もうっ」

晶はペニスを口から出し、唾液《だえき》まみれのそれをヌチャヌチャと手筒で擦《こす》りながら、

「いいわよ。あたしのお口に思いっ切り出しちゃいなさい」

そう言って、また咥え、とどめとばかりに首を振った。素早く小刻みな動きはまるで機械仕掛けの如く、雁《かり》のくびれを朱唇で擦りまくる。幹の根元をしごく手コキの勢いも最高潮となった。

「く、くっ、もう、駄目っ……ウウーッ!!」

ついに充はザーメンをほとばしらせる。

自らティッシュで受け止める必要もなく、ただ精を放出することだけに専念できるというのは、実に爽快なことだった。一度はやってみたいと思っていた口内射精の初体験なら、なおさら心躍る。

自分でも驚くほどの量のザーメンを、彼女の口内に注《そそ》ぎ込んだ。

晶は目を白黒させるが、それも一瞬のことで、すぐにゴクッゴクッと喉《のど》を鳴らし始めた。

（飲んでるんだ、精液を。凄い……）

まさかそこまでしてくれるとは思っておらず、充は驚きながらも、射精後の心地良い気だるさに酔いしれた。

2

あまりに衝撃的な体験のせいで、その後の充は気が抜けてしまい、ソファーにだらんと手足を投げ出す。ペニスも力を失い、こうべを垂《た》れてしまった。

すると晶がソファーに上がってきて、充の乳首にチュッと吸いついた。そして舌先でチロチロと舐められる。くすぐったいような、なんともいえぬ快美感に充は身をくねらせた。

乳首への舌戯と共に、晶は掌で陰茎を包み、優しく揉み込んでくる。すぐさま充血が始まり、あっという間にフル勃起へと回復した。

「あんなに出したばっかりなのに、やっぱり若い子はさすがね」

力感《りきかん》をみなぎらせて反り返るイチモツを横目に見ながら、にんまりと微笑《ほほえ》む晶。

「うちの一洋も、結婚する前は飽きずに毎晩オナってたわ。充も？」

「え、ええ、まあ」

今さらかっこつけてもしょうがない。充は苦笑いを浮かべながら頷《うなず》く。

晶はオナニーの回数を尋ねてきた。昔は一日一回だったが、今は一人暮らしなので、AVも気兼ねなく観られる。ゆえに二回、三回の日も珍しくない。そう答えると、

「三回も？　ふふっ、そうよね。こんなに元気なオチ×ポなんだもの。一回出したくらいじゃ満足しないわよねぇ」

晶は充に、ソファーに横になるよう指示してきた。座面の上で、充が仰向《あおむ》けに寝そべると、その上に晶がまたがる。

「あたしね、攻めるのが好きなの」と言って、晶は腰を下ろしてきた。「充は横になってるだけでいいからね」

中腰から蹲踞《そんきょ》の姿勢となり、晶はペニスに手を伸ばす。

下腹に張りついていた屹立《きつりつ》を握り起こし、垂直にして、女の中心にあてがう。

ヌチャッとした濡れ肉の感触が、亀頭の上半分を包んだ。

（ああ、気持ちいい。もう少し入っちゃってるのか？）

充は目を凝《こ》らすが、彼女のヴィーナスの丘は野性的な草叢《くさむら》を茂らせていて、その奥の割れ目の様子はよく見えなかった。

熱い視線を股間に受けて、晶が少しだけ恥ずかしそうに笑う。

「最近、ちょっとお手入れをサボってたの。ほら、腋《わき》の下も。今の季節は半袖とか着ないから」

あけすけに腋を開き、関節の窪みにわずかに煙る和毛《にこげ》を披露《ひろう》してくる。

今日の逆ナンは不発だったが、もしいい男を捕まえられていたら、ホテルで先にシャワーを使わせてもらって、そのときに大急ぎで剃《そ》ってしまうつもりだったそうだ。

（僕が相手なら、そんなふうに頑張る必要もないってことか）

彼女にとって充は、自分の息子と同い年の子供。無精な毛を見られても、ちょっとばかり恥ずかしい程度なのだろう。

別に不愉快だとは思わない。そういうざっくばらんな態度の方が彼女らしくて充は好きだし、彼女にとって充が、気が置けない存在だということでもあるのだから。

それに、なにより――エロい。

美しく引き締まった女体だからこそ、腋毛や、黒々と茂った陰毛が、なおさら艶めかしさを引き立てている。そこに牡《おす》の劣情が煽《あお》られる。

一つ残念なのは、ペニスが女体に埋まっていく様《さま》が、童貞卒業の瞬間が、自分の目で確認できないことだった。だが、感覚だけで充分に理解できた。彼女がさらに腰を下げていくと、心地良い感触が亀頭から幹に向かってじわじわと侵食してくる。

驚くほど熱い膣肉が、力強くペニスを締めつけてきた。

「うおっ……う、うぐぅ」

初めての膣穴の感触に、充は奥歯を噛み締め、全身を打ち震わせる。

晶も眉間に皺《しわ》を寄せ、なんとも悩ましげな表情だった。

「あぁ……わかっていたけど、ほんとに太いわぁ……オ、オマ×コ、物凄く広がっちゃってるうぅ」

充の胸板に置いた手が、腕が、わなわなと震えていた。充は心配になり、

「だ、大丈夫ですか……？」と尋ねる。

ペニスの感覚から察するに、幹の半分くらいまでが、彼女の中に埋まっているよう

だった。晶は眉をひそめつつも不敵に笑ってみせて、

「ふ、ふふっ、生意気言わないの。平気よ、これくらい。一度は赤ん坊が通り抜けた穴なんだから……ふぅ、んんっ」

　気合いの声を発するや、一気に腰を落とし、自らを極太の肉杭で串刺しにする。彼女の尻が、充の腰にズンッと着座した。ペニスの根元までが、彼女の中に呑み込まれたのだ。

「お、おうっ」と呻き、充は早くも先走り汁をちびらせる。

「ほ……ほうら、全部入ったわ」

　勝ち誇ったように晶が言った。その表情はやはり少々苦しげだが、恍惚《こうこつ》の色もはっきりとうかがえた。肉壺に太マラを馴染ませるように、彼女はゆっくりと腰を前後に揺らす。

「はぁ、んっ……いいわ、いい感じに奥にも当たってるぅ」

　前後だけでなく、左右や、円を描くような動きで腰をくねらせた後、晶はいよいよ騎乗位による嵌《は》め腰を使いだした。

　最初はスローな抜き差しだったが、ほどなく逆ピストン運動は加速し、女尻がリズミカルに充の腰へ打ちつけられるようになる。ペッタンペッタンと餅つきのような音

が、真夜中のリビングダイニングに響いた。

充は童貞卒業の感動と共に、セックスの快感に圧倒される。

（こんなに気持ちいいことが、この世にあったなんて……）

先ほどのフェラチオの快楽をも上回る、極上の愉悦。オナニーをするのが馬鹿らしくなるほどの至福だった。

自分の手で擦るのとなにが違うといえば、愛液によるぬめりや、膣壁《ちつへき》のうねるような感触が挙げられる。が、充にとって最も衝撃的だったのは、その熱さだった。

膣口をくぐり抜けた途端《とたん》、そこはもう内臓の中。驚くほどの熱を帯びた肉に包まれ、まるで沸かしたての湯船にペニスを浸《ひた》しているような感覚だった。

そして熱いということが、これほどまで性器に快感をもたらしてくれるとは、まったく予想外だったのである。

（いつもよりチ×ポが敏感になってる気がする。じゃないと、こんなに気持ちいいなんてあり得ない）

温まって血行が良くなることで、ペニスの感度が上がったりするのかもしれない。

雁エラの張り具合もさらに大きくなり、膣襞にゴリゴリと擦れて、それがまた強烈な快感を生んだ。

先ほどフェラチオで大量に抜かれたばかりだというのに、もう次の弾《たま》の発射準備が始まったような気がする。予兆のような疼《うず》きが、下腹の奥から滲《にじ》み出てきた。

「うっ、うぅ……くぉぉ」

「ああっ、凄いぃ、充のオチ×ポ、あたしの中でまたちょっと大きくなったような……こ、擦れるうぅ」

晶も太マラとの摩擦快感に酔いしれているようで、その顔にもはや苦痛の色はなく、破廉恥な牝《めす》の表情を晒している。

茶髪を振り乱し、ソファーが軋《きし》むほどにますます嵌め腰を励ます。その勢いで爆乳が宙に躍った。

（おっきなオッパイが、ブルンブルン揺れている。ああ……）

ダイナミックな光景に心を奪われ、充は思わず目を皿のようにする。

すると晶が苦笑して、充の両手をつかみ、波打つ双乳に導いた。

「ほら、いいわよ、好きなように触ってみなさい」

「は、はい……ありがとうございます」

下乳を鷲づかみにして、持ち上げるようにする。初めて触れた女の乳房は、指が容易にめり込むほど柔らかく、そしてずっしりと重かった。

（これがオッパイ……晶さんのオッパイなんだ。凄い……）

マシュマロのようにただ柔らかいだけではなく、仄《ほの》かな弾力《だんりょく》が、掌を心地良く跳ね返してくる。

夢中になって揉んだり揺らしたり。そして乳輪にも触れてみる。この小さな溝の奥に乳首が埋まっているというが、ぷっくりと膨らんだ乳輪を軽くつまんでみても、そのような感触はわからなかった。

隠れているものはつい見てみたくなる。彼女の話では、刺激を加えれば乳首が外に出てくるらしいが——充は、乳輪の膨らみをムニムニと揉んでみた。

と、嵌め腰を少し緩やかにして、晶がからかうように言った。

「充は昔から、あたしのオッパイに興味津々だったわよね」

「えっ……あ、ああ、バレてたんですね。その、すみません」

小学五、六年生の頃は、足繁《あししげ》く一洋の家に遊びに行ったものだった。引っ越しの運送会社に勤めていた晶は、休みが不規則で、いつでも会えるわけではない。たまたま彼女が休みの日にお邪魔したときは、充は自分の幸運を喜び、その爆乳をチラチラと盗み見たのだった。

「謝らなくていいわよ。男の子がオッパイ好きなのは当然だし、あたしも別に嫌じゃなかったわ」

一洋は十歳ですでに反抗期に突入し、母親の顔もろくに見ないようになっていた。だから充のそんな反応が、晶にはむしろ可愛く感じられたのだとか。

「充って、小さい頃は特に母性本能をくすぐるタイプだったから、あのときもし触りたいって言ってきたら、触らせてあげてたと思うわ」

「え？　ほ、本当ですか？」

「ええ、ほんとよ。うふふっ」

まさか、今になって本当に触らせてあげるなんてね――と、晶は、さもおかしそうに笑う。

「それどころか、こんなふうにエッチまでしちゃってるんだもの。人生って、ほんとになにがあるかわからないわよね」

そう言うと、晶はまた嵌め腰に専念した。

引っ越し運送の仕事で、冷蔵庫やタンスなどを持ち上げて鍛えた下半身なのだろう。スクワットのような屈伸運動を涼しい顔でこなし続ける。

「あはぁん、いい、いいのぉ……充のオチ×ポがぶっといから、オマ×コのお肉が引きずり出されちゃうわぁ」

ほら、見える？　と言って、晶は後ろに片手をつき、上半身を仰《の》け反《ぞ》らせた。

腰を突き出す格好で、もう片方の手は邪魔な恥毛を押さえつけ、出たり入ったりしているペニスを見せびらかす。そんな不安定な体勢でも軽々と逆ピストン運動をこなしていた。

「ああ、は、はい、見えます……うわあぁ」

泡混じりの愛液にまみれた肉棒が、大陰唇をギュウギュウと押し広げていた。

彼女の言うとおり、ペニスが外に出る勢いに巻き込まれて、膣口の縁《ふち》の肉が外側までめくれてしまっていた。

白蜜は、乾いては新たに肉棒を濡らし、ヨーグルトのような甘酸っぱい香りを漂《ただよ》わせてくる。淫《みだ》らすぎる光景と牝《めす》の性臭に刺激され、充は射精感を限界間際まで募《つの》らせていった。

「ううぅ、あ、晶さん、ごめんなさい、僕、イッちゃいそうです……！」

震え声でそう告げると、晶はいったん逆ピストンを緩めてくれた。

だが、それは慈悲ではなかった。充がほっとし、徐々に呼吸を落ち着かせていくと、

不意に晶はまた嵌め腰を励ました。

充が悲鳴を上げると、抜き差しの速度を落とし、射精感が鎮まってくるのを見計ら

うように、また猛烈《もうれつ》ピストンで若勃起を責め立ててくる。さっきのフェラチオのときと同じだった。手心と無慈悲の繰り返し。

「ほら、ほら、もう少し頑張りなさい。男の子でしょう？　それに我慢すればするほど、イッたときの気持ち良さは大きくなるんだから」

「ひいいっ……あぁ、晶さん、もう赦《ゆる》して……お願いだから、もう、イカせてくださいっ……うぐっ、ウウーッ」

射精という牡の性感の頂点。そこに達する直前には、身体中が緊張に強張《こわば》り、息が詰まるような苦しみの瞬間がある。

その苦しみがあるからこそ、その直後の精の解放がますます甘美なものになるのだが、しかし、射精する寸前の状態を延々と繰り返されれば、抑圧《よくあつ》された苦しみを何度となく味わうこととなる。

充はソファーの上で身悶えた。自ら腰を動かしたくても、彼女の尻に押さえ込まれてしまい、どうにもならない。ペニスを咥え込まれている今、逃げ出すことも叶《かな》わなかった。騎乗位のこの体勢は、格闘技でいうところのマウントポジションだ。

晶は口元に薄笑いを浮かべ、充を見下ろしている。

「うふふっ、ほんと言うとあたしね、男の人がイキそうになって悶えているのを見るのがとっても好きなの」

いわば彼女は、獲物をいたぶる性悪な猫のような性癖の持ち主だった。

しかしその眼差しには、充を愛《いと》おしむような感情も込められていた。意地悪をしつつも可愛がる——そんなサディスティックな情欲なのだろう。

(晶さん、凄くいやらしい顔をしてる……)

充が小学生だった頃の、友達の母親として見ていた彼女とはまるで別人のよう。マゾの気質など持ち合わせていない充でも、その凄艶《せいえん》なる表情には、思わずゾクッとしてしまう。

ただ晶も、筋金入りのサディストというわけではなさそうだった。

徹底的に充を追い詰めてくるわけではなく、ほどほどで満足した様子。やがて、

「ふふっ、しょうがないわねぇ」と、優しい笑みを浮かべる。

「まあ、あたしも結構愉《たの》しませてもらったから、ご褒美に中出しさせてあげるわ。もう焦《じ》らさないから、思う存分、ドピュドピュしちゃいなさい。ほらっ」

晶は、とどめの嵌め腰スクワットを轟かせた。

膣底に亀頭がズンッズンッとぶつかる勢いで、濡れた膣肉を擦りつけてくる。

そのうえ充の胸板を妖しくまさぐり、指先で乳首をこね回してきた。

「どう？　乳首をいじられると、オチ×ポがもっと感じちゃうでしょう？　ほら、ほらぁ、イッちゃいなさいっ」

「はいっ……あ、あっ、イキます！　ウグーッ!!」

乳首への刺激がスイッチとなったのか、ペニスの性感はさらに膨れ上がった。たっぷりと煮詰まったザーメンが、ついに尿道を駆け抜け、一気に噴き出す。

「ぐうっ……ふっ……う、うおぉ」

射精の発作は先ほどのフェラチオのときよりも長く、量も勢いも、一番搾《しぼ》りを超えていた。もちろん、吐精の快感も。

そして晶も、鉄砲水の如き放出を膣底に受けて、ヒクヒクと女体を震わせる。

「ああん、うふうぅん……いっぱい出てるうぅ」と、うっとりした顔で呟いた。

その後、充が一滴《いってき》残らず出し尽くすと、晶は太い吐息を漏らし、ゆっくりとペニスを引き抜く。

ソファーから降りて、

「……ねえ、もしかして充って童貞だったの？」と尋ねてきた。

「あ……はい。わかっちゃいました？」

「そうね、かなり初々《ういうい》しかったから。うふふっ」

童貞と聞いて、晶は妙に嬉しそうに微笑んだ。そして、「初めてのセックスにしては悪くなかったわ」と褒めてくれる。ただ、彼女は軽微なアクメを得たまでで、絶頂には至らなかったそうだ。

すみませんと謝ると、彼女は、運動会で一生懸命に走った我が子を褒めるような感じで、よしよしと充の頭を撫でた。

「いいの。心は充分に満足したから」

そう言って晶は、ついさっきまで己の中に入っていてペニスを横目で一瞥《いちべつ》する。それは未だ八分勃《だ》ちを保っており、少し愛撫を施《ほどこ》せば、またすぐに完全勃起状態に返り咲く気配があった。

晶はニヤッと笑って言った。

「このオチ×ポ、ほんとにヤバイわ。充は、かなりの女泣かせになるわね」

3

翌朝、テーブルの上に合鍵を置き、『鍵はポストに入れておいてください』とメモを添えて、充はアルバイト先のコンビニへ向かった。

昼過ぎに仕事を終えて帰ってくるが、ポストに鍵は入っていなかった。

家に入って、リビングダイニングに向かうと、案の定、彼女はそこにいた。

「なんでまだいるんですか!?」

一晩泊めてほしい——という話だったはずだ。

しかし晶はきょとんとした様子で、

「なんでって……だってあたし、今日は仕事休みの日だもん」と答えた。

ズズーッ。充の常備食のカップラーメンを勝手にすすり、さらにこう続ける。

「しばらくやっかいになるわよ」

「ええっ？」

「嫁いびりしてるなんて言われたら、あたしも引き下がれないわ」

晶は当分の間、家には帰らず、息子の嫁に強制的に家事をやらせるつもりだそうだ。

「充も大学の勉強にバイトに家事までこなして、毎日大変でしょう？　泊めてもらう代わりに、あたしが手伝ってあげるから」

彼女の言うとおり、確かに充は毎日忙しい。以前は大好きなゲームに休日を費やすこともしばしばだったが、一人暮らしの今、なかなかそんな余裕はなかった。

（……洗濯を代わりにやってくれるだけでも、正直、凄くありがたい）

さらに晶は悪戯っぽく微笑んで、こう言った。

「それに、また気持ちいいこともしてあげるわよ？」

もう一度、いや、彼女がこの家に泊まり続けるのなら、きっと二度でも三度でも、昨夜のようなセックスができる――

そういうことなら、もう断る理由はなかった。

「いや、まあ……うちに泊まるのは別に構わないですけど……」

充は万歳をしたいほどの喜びを隠しながら、彼女に尋ねた。

「でも……一洋くんには、連絡入れてるんですか？」

晶は、ううんと首を横に振る。昨夜、この家に泊まった際も、一洋にはメールすら送らなかったそうだ。

「それはやっぱりまずいですよ。一晩だけならともかく、晶さんがなにも言わずに何日も帰ってこなかったら、失踪じゃないですか。一洋くんも警察に連絡しちゃうかも」

下手《へた》をしたら、この家に警官がやってきたりするかもしれない。それは困る。

「うーん……そうね、わかったわ」と、晶も了解してくれた。すぐさまスマホを取り出し、一洋に電話を入れる。

「あ……もしもし、あたしよ。今ね、充の家にいるの。……え？　充よ、神木充。やだ、あんた忘れちゃったの？　呆れた。小学校で一番仲良かったじゃない」

どうやら一洋は、充のことを全然覚えていないらしい。充としてはちょっとショックだった。

「充ったら、ご両親が亡くなって大変そうなのよ。それで、しばらくあたしが泊まり込みでお世話してあげることにしたの」

だから、そっちはそっちで頑張ってねぇ。晶は楽しげに、そう言った。

さらに、意地悪っぽく目を細め、

「どうしても帰ってきてほしいなら、〝ママがいないと僕、なんにもできないよ〟って言いなさい」

次の瞬間、充の耳にも聞こえるほどの音量で、スマホの受話口から、一洋の怒鳴り声が響いてきた。

するとは晶はスマホを耳から離し、通話を切ってしまう。

「二度と帰ってくるな、だって」

そう言って、ケラケラと笑ったのだった。

第二章　美人弁護士の危ない行為

1

月曜日から金曜日まで、毎日同じ時間に鳴るスマホのアラーム。

今朝も同じように鳴る。しかし、もう以前と同じ朝ではない。充がアラームを止めようと、枕元のスマホを手に取ると、同衾していた晶も目を覚まして動きだした。

むくりと上半身を起こした晶は、裸だった。

彼女は寝るときに全裸になる主義なのだとか。枕が変わっても平気だが、裸にならないとなかなか寝つけないらしい。パンティすら駄目なのだとか。

晶には一応、亡き両親の寝室をあてがっていた。そこにちゃんとベッドがあるのだが、昨夜、充とセックスした後、彼女は面倒くさがって、そのままこのベッドで寝てしまったのだ。充は抱き枕にされてしまった。

「ひゃあ、寒い」と、部屋の空気の冷たさに身震いし、晶はベッドを降りる。部屋の灯《あか》りをつけてから、いそいそと服を着始めた。もちろん下着から。

時刻は四時半。一月中旬の今、まだ外は真っ暗だろう。しかし、充はコンビニの早朝からのシフトに入っているのだ。

「すみません、起こしちゃって。晶さんはまだ寝てていいんですよ」

彼女の勤め先の勤務時間は朝八時から夕方五時まで。こんなに早く起きる必要はないはずである。しかし、

「出かける前に、朝ご飯、食べるんでしょう？　じゃあ、あたしも食べるわ」

彼女は大あくびをしながらも、充の貸してあげたTシャツに頭を通した。そして、

「一人でご飯食べるの嫌いなの」と呟く。

朝食は彼女が作ってくれた。ハムを添えた目玉焼きとトースト、それにコーヒーだけのシンプルなものだが、誰かと一緒に食べる食事は心が温かくなる。

充にとって、両親が亡くなって以来の心地良い食事時間だった。

午前八時二十分。充はコンビニでアルバイト中。

この時間、他にアルバイトはいない。駅から歩いて十分ほどの距離にある店で、そこそこの賑わいはあったが、駅前のコンビニほどには忙しくなかった。朝食を買いに来る客が多いこの時間帯も、一人でなんとか回せていた。

やるべき仕事がひととおり片づいて、ちょっと息抜きに雑誌コーナーへ向かう。

さすがに立ち読みはしないが、漫画雑誌や週刊誌の表紙をなんとなく眺める。とある青年誌の表紙で、水着姿のグラビアタレントがにっこりと微笑んでいた。なかなかの巨乳である。

(まあ、僕はこれ以上のオッパイを毎日揉んでいるけどね)

と、胸の内で笑った。

晶が充の家に居座るようになってから数日経っていた。あれから毎晩、彼女とはセックスをしている。肌を重ねるたび、あの美しき身体の虜となっていく。

とはいえ、恋愛感情はない。充の恋心は別の人に向いている。

充は、店の奥の壁に掛かっている時計を見上げた。もうじき、その憧れの人がやってくる時間だった。

八時四十五分。いつもどおりの時間に彼女はやってくる。

「おはようございます、神木さん」

吉高紗雪《よしたかさゆき》は礼儀正しくお辞儀をして、充に挨拶した。鈴のような澄んだ声だ。ドキドキしながら充も、「お、おはようございます」と頭を下げた。

彼女もこのコンビニの従業員である。九時からのシフトで、午後一時まで充と一緒に働く。勉強や家事など、日々の生活に追われていた充にとって、それは至福の時間だった。

バックルームで制服を着てきた紗雪は、「あの……それじゃあ私、品出しを始めます」と言ってくる。うつむき加減に小さな声でしゃべる様子は、内気な少女のよう。

店長から聞いた話だと二十九歳だというが、

（僕より十一歳も年上なのに、なんだか可愛いんだよなぁ）

充が一人で店を回していた時間は、どうしてもレジ打ちを優先し、商品の補充などは後回しとなる。九時からのアルバイトが来てくれると、ようやく品出しや棚の整理といった作業ができるようになるのだった。

「わかりました。じゃあ僕は、冷ケースの前陳から始めますね。飲料の補充は僕がやりますから、吉高さんは他の棚をお願いします」

飲み物の商品が入っている段ボール箱はかなり重たく、それがバックルームの在庫商品の棚に積み重なっていた。紗雪は華奢《きゃしゃ》な女性で、身長も充より低い。そんな力仕事を任せるのは気が咎《とが》める。

「あ……はい、わかりました」

紗雪は、申し訳なさそうに頭を下げた。

それから、売り場とバックルームを行き来して、せっせと商品の在庫を補充していく。彼女がここで働き始めてから、まだ二か月ほどで、作業スピードは速くなかったが、その代わり仕事は丁寧だった。真面目な性格なのだろう。

二か月前に、新人アルバイトの彼女と初めて挨拶を交わしたとき、充は一目惚れしたのだった。

おかっぱのようなボブヘアの、古式ゆかしい和風の美人で、まつげの長い、切れ長の瞳がなんとも印象的である。しかしその瞳は、どことなくおどおどしていて、気弱な性格を物語っているようだった。そこがまた男心をくすぐった。守ってあげたくなるのだ。

ただ、彼女は既婚者だと聞いている。人妻が相手となると、充も、彼女と付き合いたいと本気で願ったりはしなかった。

それでも、晶とセックスをした今、なにかのきっかけで紗雪とも男女の関係になれないだろうかと、つい考えてしまう。

二人っきりで仕事をしていると、良からぬ妄想がどうにも湧き上がってくる。たとえば商品の棚に隠れながら、こっそり彼女の胸を揉んだりとか、あるいはバックルームで彼女にオシャブリをしてもらうとか。

まったくあり得ない、馬鹿みたいな妄想だが、

（でも、もしかしたら実現するかもしれない）

小学生のときの友達の母親とセックスして、その彼女と一緒に暮らしている——というのも、普通に考えたらまずあり得ないことだ。しかし現実である。

試しに、紗雪を食事にでも誘ってみようかと考える。同じコンビニで働く者同士なのだから、仕事上がりに一緒に昼食を食べたって、別に変なことではないはず。

（そういうことがきっかけになって、もっと仲良くなれるかもしれない）

充は彼女の姿を探す。と、ちょうどバックルームから、紗雪が商品の在庫を籠《かご》に入れて出てきた。バッチリと目が合い、充は思わず「あ、あの……」と声をかけてしまった。

彼女は近づいてきて、「はい、なんでしょう……？」と尋ねてくる。

すると途端に充を緊張が襲った。心臓が高鳴り、不安な気持ちが一気に膨らんでくる。もし断られたらどうしよう？　下心を見抜かれて、軽蔑されてしまったら？

「あ……いや……な、なんでもないです」

そう言ってきびすを返し、逃げるようにバックルームに入った。

在庫の棚に囲まれた薄暗い空間で、呻き声の混ざった溜め息をこぼす。今頃、きっと彼女は困惑しているだろう。自分の度胸のなさに呆れつつ、しかし、充はどこかほっとしていた。

(……うん、これで良かったんだ)

つまらぬ期待をしてはいけない。妄想は胸の内にしまい込んでおくべきだ。

晶とのセックスみたいな幸運は、そうそう巡ってくるものではないのだから。

2

午後一時になろうという時刻、引っ越し運送会社の休憩室で、晶はボーッとテレビを眺めていた。この後、一件、引っ越しの仕事が入っていたが、会社を出るのは午後二時くらいで充分間に合うだろう。

と、テーブルに置いていたスマホが振動し、メールの着信を知らせる。

昔からの友達のメールだった。内容にざっと目を通すと、晶は休憩室を出て、人気のない場所に移動し、メールの相手に電話をかけた。

「……どうも、こんにちは、櫻子《さくらこ》さん。お久しぶりです」

『こんにちは。ありがとう、電話してくれて。今、大丈夫なの？』

「はい、休憩中です」

今の時期、引っ越しの仕事は閑散期である。三月、四月の繁忙期は昼食を取るのも大変なほどスケジュールが詰まっているが、一月の現在は、まったくそんなことはなかった。

電話の相手——宝生《ほうじょう》櫻子《さくらこ》は、晶の元彼の姉である。

元彼とは、一洋の父親のこと。つまり櫻子は、一洋の伯母だ。

晶は高校生のとき、一つ年上のフリーター男と付き合っていた。当時の晶は彼にぞっこんで、結婚したいとまで思っていた。求められて、処女もあげた。

しかしその彼氏は、晶が妊娠したことを知ると、責任を取るのを嫌って、姿を消してしまった。後に彼の友達から聞いた話では、なんでも東京に知り合いがいて、そこに厄介《やっかい》になっているとかいないとか。その場所を知っている者も、電話番号を知っている者もいなかった。

父親は音信不通。それでも晶は中絶せず、一洋を産んだ。

無責任な弟に代わって謝罪にやってきたのが、櫻子だった。

晶は一人でも一洋を育てる覚悟を決めていたので、櫻子に恨み言の一つも言わず、ただ追い返した。

それでも櫻子は、何度も晶の元へやってきた。自分にできることがあるならなんでもすると言って。やがてその誠意にほだされた晶は、彼女に心を開いていき、いつしか友達となっていた。

今では親友といってもいい。本当の姉妹のような関係だった。

受話口の向こうから櫻子が言う。『大した用事じゃないんだけど、私もようやく暇ができたから、久しぶりに晶さんとおしゃべりしたいと思ったのよ』

櫻子は弁護士である。そして彼女の夫は法律事務所の所長だった。三年前にその夫が亡くなり、それからずっと彼女が所長代理を務めていた。

しかし先月、所長の仕事を息子に引き継ぎ、彼女は休職という形で、現在は自由な日々を過ごしているという。

「いいですね。あたしも櫻子さんに聞いてほしい話がたくさんあるんですよ。もー、うちの息子が嫁バカすぎて」

周囲に人はいないが、それでも職場でするような話ではないので、今夜、仕事が終わった後、改めて電話しますと、晶は約束した。

電話を切る前に、ちょっとした悪戯心で、

「そうそう、あたし今、若い男の家に転がり込んでるんですよ」と、爆弾発言的な告白をする。櫻子がどれだけ取り乱すか、わかっていて。

『は……？　え、男の家にって……ど、どういうこと⁇』

櫻子の反応は思ったとおりのものだった。

「今夜、詳しくお話しします。それじゃ」と言って、晶は通話を切ってしまう。

スマホの画面をオフにしつつ、

「櫻子さん、びっくりしてたわね。うふふっ」

今頃、彼女はさぞや混乱しているだろうと想像して、顔いっぱいに笑みを浮かべるのだった。

その日、仕事を終えた晶は、充の家に帰る。

充は大学へ行っていたが、晶を信用して、合鍵を貸してくれていた。彼が帰ってくるまでの時間に、約束どおり櫻子と電話で話した。

晶が充の家でやっかいになるようになった経緯を――そして充と関係を持ってしま

ったことまで、赤裸々に、少々自慢話っぽく語る。

櫻子は口数も減り、明らかに驚いた様子で、晶の話に聞き入っていた。

が、やがて晶の話が終わると、彼女の方からも、思いもよらぬカミングアウトが告げられる。

『あのね、晶さん、実は私――』

今度は、晶が驚かされる番だった。

3

その日は、朝からパラパラと小雨が降っていた。

昨日の天気予報では、『もしかしたら雪になるかもしれません』と言っていた。しかし予想よりも気温は下がらず、充がアルバイトに出かけた早朝には、ちらほらとみぞれのようなものが降っていたが、昼過ぎの今はもう、完全に雨粒となっている。

時刻は一時過ぎ。アルバイトは終業の時間だ。

(やれやれ、やっと終わった)

今日のシフトは、紗雪と一緒ではなかった。退屈な労働時間を終え、バックルームで制服を脱いだ充は、ダウンジャケットを着る前に、ポケットからスマホを取り出した。仕事中のスマホの使用は禁止されているのだ。

晶に『仕事が終わりました』とメールする。一分も経たぬうちに返信が来た。『じゃあ、今から迎えに行くわね』と。

今朝、晶が提案し、昼食は外で食べることになっていたのだ。

(どこか、美味《おい》しいお店に連れていってくれるのかな)

コンビニ前の駐車場で傘を差して待っていると、五分ほど経った頃、一台のコンパクトカーが入ってきて、充の近くに停車した。

まるで見覚えのない車だったので、その車から晶が下りてきたのを見て、充は少々驚いた。運転席側のドアも開き、充の知らない女性が降りてきた。

「え……晶さん、そちらは……？」

他の人も来るとは聞いていなくて、充は戸惑いながら尋ねる。

晶はにこにこしながら、その女性を紹介した。「この人は、櫻子さん。なんていうか……まあ、あたしの友達よ。昔からとってもお世話になってるの」

「初めまして、宝生櫻子です。よろしくね」

ロングコートを着たその人は、晶より少し年上っぽい感じである。そして、落ち着いた雰囲気の、なかなかの美熟女《びじゅくじょ》だった。彼女が右手を出してきたので、充は少しばかりドキドキしながら握手をした。

「綺麗な人でしょう。三十八歳には見えないわよね」

と、晶が耳元で囁いてくる。充は無言で頷いた。

櫻子というこの女性は、実年齢よりそれほど若く見えるわけではない。つまりは大人の魅力。三十八歳にふさわしい雰囲気で美しいのだ。瓜実顔《うりざね》にはこれといって小皺《こじわ》やたるみも見当たらず、キリリと引き締まりながらも優しげな目元や、ぽってりとした唇からは、匂い立つような色気を感じた。

「さあ、乗ってちょうだい。濡れちゃうわ」と、櫻子が言った。

しっとりとした低めの美声に、鼓膜が蕩《とろ》けそうになる。なんだかとても艶《なま》めかしいことを言っているように聞こえてしまった。彼女に言われるまま、充は助手席に乗り込んだ。

じゃあ、晶は後部座席か——と思ったら、彼女は持ってきた自分の傘を開き、外から充に向かって「いってらっしゃーい」と手を振った。

「ええっ、晶さん、来ないんですか？」

「櫻子さんがね、充と二人っきりがいいんだって」

充が櫻子に視線を向けると、運転席の彼女はにっこりと笑いかけてくる。

戸惑いながら充がシートベルトを締めるや、早速、車は動き始めた。車道に出て、滑るように走りだす。

（参ったな。まさか知らない人と二人で食事だなんて……）

いったい晶さんはなにを考えているんだろう？　どうしてこの人は、僕なんかと食事がしたいんだろうか？　充には、彼女たちの意図がまるでわからなかった。

元々女性に対して口下手なうえ、面識のない気まずさから充が黙り込んでいると、やがて向こうから、申し訳なさそうに話しかけてくる。

「ごめんなさいね。こんなおばさんと一緒に食事だなんて、困っちゃうかしら？」

「あ……い、いえ、そんなことは……」

まあ、困るといえば困る。コンパクトカーの狭い車内で、こんな美熟女と二人っきりなのだ。車の中の、あの特有の匂いに混ざって、彼女の身体から漂ってくる甘い香気が、充の嗅覚をくすぐった。先ほどから心臓は高鳴りっぱなしだった。

「そう、なら良かったわ」ふふふと、櫻子は嬉しそうに笑う。「私ね、晶さんからあなたのことを聞いて、とっても興味を引かれたの。それで、是非会ってみたいと思ったのよ」

「は、はぁ」

「充くんって呼んでいいかしら？　充くんは大人の、年上の女は好き？」

「は？」

「好きなのよね。だって晶さんと……しちゃったんでしょう？」

充は目玉がこぼれそうなほどに瞠目《どうもく》し、頭の中は真っ白になった。

車が信号で止まり、櫻子がこちらを向く。妖しく煌《きら》めく瞳が、じっと充を見据えてくる。

「私、晶さんより三歳年上なんだけど……それくらいなら、まだ許容範囲内よね？」

なにを質問されているのか理解できず、呆然と彼女の瞳を見つめ返す充。

いいようのないプレッシャーを感じるのに、彼女の目から視線を外せない。まるで魅入られたようだった。

と、唐突に櫻子は、ロングコートのボタンを上から外していく。

車の中は暖房が利いていて、コートなどを着ていたら確かにちょっと暑いだろう。

だが、櫻子がロングコートを脱ぐのは、ただ暑いからではなかった。ロングコートの下から現れた彼女の格好を見て、充はまたも両目を剝《む》く。

それは、なんとも刺激的なセーターだった。

首回りはよくあるタートルネックなのだが、そこからウエストの辺りまで、前面部にしかニット生地がないのだ。腕も肩も丸出し、背中もバックリと露出している。

（これって確か、童貞を殺すセーターとかいうやつか……!?）

丈《たけ》はやや長めで、ニットワンピースといってもいいかもしれない代物《しろもの》だ。

腋の下の周辺から脇腹の方まで、ニット生地が大きく抉《えぐ》れていて、胸の横の膨らみが、かなりはみ出していた。なめらかな乳肌が露わになっており、どうやらノーブラのようである。

彼女はズボンもスカートも穿《は》いていなくて、セーターの裾から、ストッキングに包まれたムチムチの太腿が直《じか》に現れていた。

ある意味、裸よりも破廉恥な格好といえる。衣服としての機能よりも、男の目を愉《たの》しませることを最大に重視したデザインだ。

車の中とはいえ、街中で突然こんなはしたない姿を晒して、いったい彼女はなにを考えているのだろう？　充は慌てて周囲を見回す。しかし、左右のウィンドウは結露して曇っており、隣の車からは、横乳をさらけ出している櫻子の姿を見ることはできないだろう。

ただ、フロントガラスは曇り止めでも使ったのか、透明なままだった。

「ま、前の車の人に見られちゃうんじゃ……バックミラーとかで」

「大丈夫よ」と言う彼女の声は、ちょっとだけ上擦っていた。「バックミラーの映り込みじゃ小さすぎて、後ろの車の運転手がどんな格好をしているかなんて、ほとんどわからないわ。それにほら——」

前の車のリアガラスも白く曇っていた。これでは向こうがバックミラーを覗《のぞ》き込んでも、櫻子の姿に気づくことはないと思われる。

やがて信号が変わり、車が動きだした。櫻子も前を向いて運転する。彼女の横顔は、微《かす》かに頬が紅《あか》く色づいていて、ますます色っぽく感じられた。

「私ね……三年前に夫を亡くしたのよ」と、彼女は言った。

十五歳年上の夫で、彼は子連れのバツイチだったという。櫻子も彼も弁護士で、仕事の関係で知り合ったのだとか。

「夫が亡くなった後、いろいろ忙しくて、つい最近まで遺品の整理もろくにできなかったの。それでこの間、ようやく夫の書斎の整理を初めたのだけど……」

夫の机の引き出しの奥に、櫻子は見つけてしまったのだという。

パッケージの表にも裏にも、裸の女の写真が所狭しと印刷されたDVDソフト。一目でAVだと、その手のものに無縁だった櫻子にもわかったそうだ。

夫はどちらかといえば真面目な堅物だったそうで、まさかこんなものを持っているとは、櫻子は夢にも思っていなかったという。それも一本ではなく、十本近くあったとか。

櫻子はショックを受けたものの、好奇心に駆られて、そのAVを観てしまった。ジャンルはすべて同じで、男女が野外や公共の場で、人目を盗んで淫らなことをするというものだった。

「十本近くあるAVをどうして全部観たかというと……私も興味を引かれてしまったのよ。その、屋外とかで、いやらしいことをする行為に」

自分もやってみたい。そんな思いが抑《おさ》えられなくなってしまったという。

だが、一人でやるのは怖い。信頼できるパートナーが欲しかった。しかし、どうやって見つければいいのかわからなかった。

そんなとき、晶から、充の話を聞かされたのだという。

両親を亡くし、アルバイトと学業を両立させつつ頑張っている、とてもいい子だと。

「それに、こうも言っていたのよ。つまりその、あなたとのセックスは、かなり気持ちいいって……」

真面目ないい子で、さらに女を悦《よろこ》ばせることもできる。それなら淫らなプレイのパートナーとして申し分ない。

それで晶に、今日のお膳立てをお願いしたのだそうだ。

「不安もあったけど、実際にあなたを一目見て安心したの。本当に真面目で優しそうだし、それに……晶さんの言っていたとおり、とっても可愛かったから」

「は、はぁ……」

充がはにかんでうつむくと、彼女はうふふと微笑んだ。

「でも、充くんはそれでいいかしら？　下手をしたら公然わいせつ罪だから、もし周囲にバレたら、怒られるだけじゃすまないかもしれないし……そもそも充くんは、私とセックスをしたいと思う？　嫌だったら嫌って言ってくれていいのよ。無理強いはしたくないわ」

充は、しばし悩む。確かにリスクはある。

「宝生さんは、どうなんですか。弁護士さんなんですよね？　もしおまわりさんとかに見つかっちゃったら、僕よりずっとまずいと思うんですけど」

「……そうよね。弁護士がこんなことをしちゃ駄目よね」

櫻子は苦笑した。「でも、どうしてもやってみたいの。最初は私も、我慢しようと思ったわ。けど、無理だった。こんなに自分を抑えられなくなったのは初めてで、私自身、困惑しているの」

　自分はどうかしてしまったのかもしれない。

　ただ、夫の秘蔵AVと同じプレイをすることで、亡き夫への供養にもなるような気がする。櫻子は決意のこもった横顔で、そう言った。

「なら……僕も、嫌じゃないです」

　野外プレイなどに興味を持ったことはなかったが、こんな綺麗な女性とセックスできるチャンスを蹴る気にはなれなかった。

　また車が横断歩道の前で止まる。櫻子が「ありがとう。嬉しいわ」と言う。

　そして彼女は、セーターの脇に指を引っ掛け、少しずつずらしていった。

　横乳の膨らみがさらにあからさまとなり、充の目を魅了する。

「晶さんの胸には敵《かな》わないけれど、私も一応は巨乳なの。Eカップって、巨乳でいいのよね？」

「E……ですか。は、はい、巨乳だと思います……」

「良かったわ。触ってみてもいいのよ。ううん、触ってくれるかしら」

　すべすべした膨らみの縁には小さなほくろがあって、それがまたなんともセクシーだった。充は震える指先で、そのほくろをそっと押した。予想以上の柔らかさが指先に伝わってきた。

「んっ……うふふ」と、櫻子が恥ずかしそうに微笑む。

充は指先を乳肉に滑らせながら、じわじわと膨らみの頂上へ向かう。

櫻子はなにも言わなかった。充の指はセーターの脇から奥へ潜り込み、さらに深く進む。タイトなニットは乳丘に張りつき、頂点の突起がしっかりと浮き出ていた。指は、そこを目指した。

触れるか――と思ったとき、

「あん……残念ね。信号が青になっちゃうわ」と、櫻子が言った。

運転中はさすがに悪戯は禁止ということだろう。櫻子は優しく充の手を払い、ハンドルを握って前を向く。前の車が動きだし、櫻子の車もそれに続いた。

充は素直に手を引っ込める。しかし、再び信号待ちになると、

「ね、また触って……」と、物欲しげに櫻子が促してきた。

今度は充の指が、肉房の頂点まで届いた。指先が突起をツンとつつくと、櫻子は吐息を乱して「あうぅん」と呻く。

突起を上下に転がせば、それはみるみる充血し、ニット生地をさらに尖らせた。櫻子は艶めかしく吐息を乱し、尿意を堪《こら》えているみたいに、悩ましげに太腿を擦り合わ

せる。

するとセーターの裾がずり上がり、ストッキングに繋がる紐のようなものがチラリと見えた。おそらく、ガーターベルトというやつだろう。彼女の股間も、今にも露わになりそうだった。

信号が青になり、充は手を引っ込める。

その後も信号待ちのたびに、彼女の胸元へ悪戯を繰り返した。

ときにはニット生地の上から触ってみたりもした。粗《あら》い編み目の生地と乳首が擦れ、直にいじられるのとはまた違う気持ち良さだと、櫻子は肩を小刻みに震わせながら言った。

そして彼女もやられるだけでなく、手を伸ばして、充の股間をそっと撫でてくる。

「晶さんが言っていたわ。凄く……大きいんですってね？」

充のペニスはすでに充血し、ズボンの中で膨張していた。櫻子は「あぁん」と嬉しそうな声を上げ、さながらマニュアル車のシフトレバーを握る手つきで、ズボンの膨らみをキュッとつかんできた。

「あうっ、ほ、宝生さん……」

「ふふっ、櫻子って呼んでちょうだい。ああ、とても硬いわぁ」

櫻子は興奮した様子で、うっとりと呟く。

車が横断歩道の目の前に停まっても、彼女は充の股間にお触りしてきた。

さすがに誰かが気づくのではと、充はハラハラしたが、歩行者は皆、傘を差していて、視界が狭まっているからか、すぐ横の車内の痴態に気づく者はいなかった。

4

車は三十分ほど走って繁華街に出た。それからほどなく目的地に到着する。

(え……どんなお店に連れていってくれるのかと思ってたけど、ここなのか？)

それは、なんとインターネットカフェだった。

再びロングコートを身にまとい、入店してゆく櫻子。彼女についていきながら、充は少々肩透かしを食らわされた気分になった。高級レストランとはいわずとも、普段、自分がなかなか入れないような、〝そこそこにお高い店〟を期待していたのだ。

そもそもインターネットカフェは、食事をすることを目的にして選ぶような店ではないはずである。

(まあ、ネカフェなら、ご飯を食べながら映画とかも観れるだろうけど)

彼女は食事をしながら観たい映画でもあるのだろうか？　と、充は首を傾げた。

櫻子は、こういう店を利用するのは初めてらしく、受付の店員によるシステムの説明を真剣に聞いていた。そして会員登録の後、〝プライベートルーム〟を選択する。

プライベートルームとは、要は個室のことだ。受付から階段で上の階に行くと、そこは廊下と、たくさんの扉があるだけのエリアだった。階段のそばに案内パネルがあり、あてがわれた部屋を探すと、物静かな廊下を二人で歩いた。

この扉の一つ一つが、プライベートルームというわけである。充もインターネットカフェに来たのは初めてで、物珍しさにあちこちを見回す。

やがて、あてがわれた部屋の前にたどり着くと、彼女は、受付で渡されたカードキーを扉のセンサーにかざした。電子音が鳴り、扉のロックが解除される。

櫻子に続き、充も室内に入った。そこは四畳半ほどのこぢんまりとした部屋で、靴を脱ぐ場所以外の床は、ベッドのマットレスのようなものに覆《おお》われていた。

「なるほど。部屋のどこでも自由に寝っ転がって、くつろげるわけね」

小気味良い弾力の足下に、櫻子が楽しげに笑う。

この部屋は〝プライベートルーム〟ということだったが、インターネットカフェとして一人で利用するには、やや贅沢な広さに思われた。

要するに、ここはいわゆるカップルシート。親密な二人が利用するためのスペースなのだ。そう考えると、充はまたしても胸をときめかせてしまう。

奥の壁際にはテーブルがあって、そこにパソコンやキーボード、大画面のディスプレイなどが並んでいた。エアコンは、壁に埋め込まれたパネルで操作するタイプ。部屋は少々冷えており、すぐさま暖房をオンにする。

「さて、それじゃあ料理の注文をしましょうね」と、櫻子がパソコンを操作した。この店で食事をするときは、パソコンを使って注文するのだそうだ。

先ほど店員から受けた説明どおりにパソコンを操作し、注文画面を開く。フードメニューはなかなかに充実していて、まるでファミレスのようだった。充はハンバーグと唐揚げのセットを選び、櫻子は焼きチーズカレーを注文した。さらに、二人分の飲み物も。

料理を待っている間に、充はダウンジャケットを脱いで、壁に掛けた。しかし、櫻子はロングコートを着たままだった。十五分ほどで、店員が部屋まで料理を届けてくれて、その後、部屋のロックをかけたうえで、櫻子はようやくロングコートを脱ぐ。

櫻子の、あの破廉恥なセーター姿に、充はなるほどと納得した。

(そんな格好を店員さんに見せるわけにはいかないもんな)

いや、しかし、先ほど彼女は、野外でのプレイなどに興味があると言っていた。だとしたら——

「あの、櫻子さん」

「はい、なにかしら？」

「そのエッチな格好を、さっきの店員さんに見せたいとは思わなかったんですか？」

「え……？　ううん、さすがにそこまでしたいとは思わないわ」

櫻子は苦笑し、首を横に振る。彼女が求めているのは、淫らなスリルだという。羞恥心《しゅうちしん》によってマゾヒスティックな快感を覚えるタイプとはまた違うらしい。露出的なプレイをし、そのスリルで性的な興奮を得るのが彼女の望みで、たとえば赤の他人に己の裸を晒し、恥ずかしい思いをするのは嫌なのだとか。

「僕に見られるのはいいんですか？」

「そうね、もちろん恥ずかしいけれど、私はあなたを気に入ったから。だからパートナーをお願いしたのよ」

女性経験の足りない充には、それは愛の告白のように聞こえて、ついドキッとしてしまった。彼女が言っているのはそんな意味じゃないと、自分に言い聞かせる。

ただ、彼女の言葉は、裏を返せば、

（僕にならば見られてもいいってこと……？）

櫻子がテーブルに料理や飲み物を並べていく。その様子を、充は後ろから眺め、剥き出しになった美熟女の背中や、大きな桃のような熟れ尻《う》のボリュームに目を愉しませた。

それから、少し遅めの昼食を始める。時刻はもう午後二時に近く、二人とも腹ぺこだった。それも理由の一つかもしれないが、料理の味はかなり良かった。

すべて食べ終わると、「デザートも欲しい？」と櫻子が尋ねてきた。充は、「いえ、充分です」と断った。

「そうね、あんまりのんびりしていたら、時間がなくなっちゃうかもしれないわね。この後、授業があるんでしょう？」

櫻子は、充が夜間部の学生であることも、晶から聞いていたようだ。

「それじゃ……始めましょうか」

いつしか彼女の頬も、ほんのりと赤みを帯びていた。

その艶めかしさに見とれながら、充は尋ねる。「始めるって、つまり、セックスですよね？　本当にするんですか？　ここで……」

そのつもりで彼女はこの店を選んだのだろうと、すでに充も気づいていた。

いくらプライベートルームとはいえ、ここはラブホテルではない。そんな場所での行為は、彼女のスリルを求める心を大いに満たしてくれるはずだから。

ただ、このプライベートルームの壁には、それほど大した防音処理は施されていないようだ。先ほどから、壁越しに隣の客の人声や物音が、多少は漏れ聞こえていたのである。

そのことは、櫻子も気づいていたようだった。

「そんなに激しくやらないで、なるべく声を出さないようにすれば……大丈夫、室内には防犯カメラもないし、バレないわよ、きっと」

彼女の決意は固かった。すっくと立ち上がると、自ら先に服を脱ぎ始める。

童貞殺しの破廉恥なセーター姿に、少しは目が慣れていた充だが、彼女が裾をめくり上げると、またしても声を失うほどの驚きに襲われた。

（ノーブラなのはわかっていたけど……）

なんと櫻子は、パンティも穿いていなかったのだ。

例のガーターベルトが、脂《あぶら》の乗った腰を飾っているだけだった。股間を隠すべき布はなく、恥丘が剥き出しになっている。

しかも、その恥丘には、一本の毛も生えていなかったのである。大人の女にあるまじき、まるで幼女のような股ぐらの有様。充は我を忘れて見入ってしまう。

「ああん、そんなにまじまじと見たらダメよぉ……」

さすがに櫻子はモジモジと恥ずかしがり、セーターを脱ぐと、慌てて股間を両手で覆った。

おかげでEカップの膨らみは無防備に晒される。四十路《よそじ》に近いという彼女だが、その乳房はなんとも綺麗な丸みを帯びていた。ほんの気持ち程度に重力の影響が感じられたが、仄かにしんなりとした肉房は、晶の爆乳にはない官能美をたたえていた。むしろ熟れた乳肉の柔らかさを如実に物語っていて、なおさら男心をくすぐるというものである。

「やだ、もう……充くんったら……」

櫻子は片方の手を胸元にやり、牡の視線を遮《さえぎ》ろうとした。

込み上げる情欲に血を熱くしながら、充は言った。「だって、今からセックスするんですよね？　だったら、見ないとできないですよ」

「それはそうだけれど……」

「じゃあ、ちゃんと見せてください。なんでアソコの毛がないんですか？」

「これは……昨日の夜、失敗してしまったのよ」

櫻子は今日のために、恥毛の手入れをしたのだそうだ。

しかしカミソリで剃《そ》っていくと、どうにも左右の形がアンバランスになってしまった。シンメトリーに整えようとしているうちに、どんどん陰毛が少なくなり、気づいたときには、五百円玉くらいの大きさしか残っていなかったという。

ならばいっそのこと――と、全部剃り落としてしまったのだとか。

櫻子は観念したように女体から手を離し、乳房と無毛の恥丘を露わにして、

「でも、やっぱり変よね。いい年したおばさんなのに、こんなツルツルで……恥ずかしいわ」

真っ赤になった頬に両手を当てた。

大人の女性が見せる、そんな可愛らしさが、充はとても好きだった。

首を横に振り、「とってもいやらしくて、僕はいいと思います。素敵ですよ」と褒め讃える。そして、自分も服を脱いでいく。

ズボンもパンツも一気にずり下ろした。年増女のパイパンに欲情したペニスは、すでに八割近く充血し、軽く鎌首をもたげていた。

少し恥ずかしいが、充も股間を隠さない。彼女が見ている前で、さらにムクムクと膨張し、若勃起は下腹に張りつかんばかりに反り返る。

櫻子は、今度は口元を手で覆い、瞳を真ん丸に見開いた。

「凄いっ……ほ、本当に大きいわ。こんなの、思っていた以上よ……！」

「櫻子さんの裸を見て、こんなに大きくなっちゃったんですよ」

充は自らのペニスをもって、櫻子の熟れた女体を、あられもない股間の有様を賛美する。

その偉容に、櫻子はしばらく無言で見入った。

やがて彼女の瞳が、嬉しそうに細められていく。

「充くんみたいな若い子が、私で興奮してくれて……それがこんなに嬉しいとは思わなかったわ」

アソコの毛を剃り落としちゃった甲斐があったわねと、櫻子は口元から手を離し、ほんの一瞬笑った。

「私ね、もしも充くんが、〝やっぱりこんなおばさんが相手じゃ興奮できない〟って言ってきたらどうしようって、正直、不安もあったのよ」

櫻子は、充が晶とどんなセックスをしたのか、たっぷりと聞かされていた。それなら自分もと思ったらしいが、

「でも、私の身体は……ほら、晶さんみたいに美しく鍛えられてはいないし、胸も、

晶さんの方がずっと大きいでしょう？　それにお腹も……」

充は彼女の腹部に視線をやる。確かに、少しばかりぽっこりと膨らんでいた。

ただ、それは昼食を食べたばかりだからかもしれないし、それに櫻子のような美人が腹部に多少の肉を余らせているなど、そのギャップにむしろ劣情を煽られる。

腰周りも肉付きが良く、ウエストのくびれ具合は緩やかだが、そこからムッチリとした太腿へと続く曲線は、ダイナミックでありながら実に優雅で、これぞ官能美の極みとだと思われた。

「櫻子さんの身体も、とっても綺麗ですよ。それにめちゃくちゃエロいです」

「や、やだわ、エロいだなんて……うふふっ」

美貌を真っ赤にしながら、まんざらでもなさそうに微笑む櫻子。

充はすべての服を手早く脱ぎ捨て、彼女に迫った。「触ってもいいですよね？」

櫻子が頷く前に、充は手を伸ばし、熟れ乳の豊かな膨らみを下からムニュッと鷲づかみにする。

「きゃっ、も、もう……」

「ああ、凄く柔らかいですよ。櫻子さんのオッパイ」

車の中ですでに横乳には触っていたが、今度は正面から堂々と揉みほぐせる。まるで空気のような、ひたすらに柔らかな感触だった。

まずは乳肉の揉み心地を、心ゆくまで堪能する。揉むだけでなく、掌《てのひら》で撫で回したり、左右に揺らしてみたりした。アラフォーとは思えぬほどの綺麗な薄桃色の乳首が、波打つ肉房と一緒にプルプルと揺れ動く。

(なんだか、プリンの上に載ってるサクランボみたいだ。美味しそうだな)

思いも寄らぬ食後のデザートに心惹《こころひ》かれ、充は乳房に顔を寄せた。乳肌から漂う甘い香りに鼻をひくつかせながら、小さな突起をペロリと舐め上げる。

そして、晶に乳首を舐められたときのことを思い出しつつ、櫻子の可愛らしい果実をチロチロと舌先でくすぐった。

「くうっ……それ、気持ちいいわ。なかなか上手なのね……あ、あんっ」

徐々に吐息を乱していく櫻子。片方の突起が硬く充血すると、充はもう片方にも舌を這わせた。吸いついて、チュパチュパとしゃぶっては、軽く前歯を当ててみる。櫻子は「はぁんっ」と声を上げ、慌てて口元に手を当てた。

充がなおも愛撫を続けると、櫻子の両膝がカクカクと震えだす。

なんだかとても辛そうに見えたので、充は彼女に、横になるよう促した。

肌触りのいい床のマットレスに櫻子が仰向けになると、充は彼女の足下に膝をつく。

ふくよかでありながら長く美しいコンパスは、未だガーターベルトとストッキングに飾られていた。生脚よりもなお官能的な有様に、充はますます興奮し、彼女の両膝をつかんで股ぐらを割らせる。

「あ……やぁん……」

女の溝を露わにした櫻子は、悩ましげな声を漏らしてから、期待と緊張と不安の入り交じった眼差しを充に向けた。「もう入れるの？」と、その目が問いかけてくる。

割れ目の内側はすでに露《つゆ》が降りていて、仄かに濡れ光っていた。

だが、充はまだだと思った。自慢の太マラを潜り込ませるには、さらに濡らした方がいいだろう。それに、彼女が充の前戯ではしたなく乱れていく様《さま》を、もっと見てみたかった。

充は四つん這いになって、彼女の股間に向かい合う。目の前に、しっとりと花蜜をまとったラビアが開いていた。そこから漂う甘酸っぱい香りは、汗やその他の刺激臭を微かに含《ふく》んでいる。

その濃厚なフェロモンにクラクラしながら、スリットの正中線に舌を滑らせた。

「ああん、汚いわ。洗ってないんだから、舐めちゃダメよ。もう充分……んんっ、ぬ、濡れているでしょう？」

「僕が舐めたいんです。汚いなんて全然思いませんよ。れろっ」

少々の塩味は感じたが、それが美女の秘部の味だと思えば、まったく気にならない。

小振りの花弁に舌を絡め、表も裏もしゃぶりつくし、それから割れ目の内側から外側まで、丹念に舐め回した。

(晶さんとセックスしたとき、何度かクンニの練習をさせられたけど……)

晶は外陰部にも短い和毛が生い茂っている。それに対し、こちらは見事なまでにツルツルで、実に舐めやすい。恥丘の膨らみをパクッと咥え込み、なめらかな舌触りを愉しんでから、いよいよ包皮の上からクリトリスを舐めた。

「あ、あううっ……そこ、あぁん、ダメよぉ、んんんっ」

思わず声を上げてしまったようで、櫻子は再び両手で口を閉じる。

充が何度も舐め上げていると、やがて包皮がめくれて、充血した肉豆がポロンとこぼれ出た。それを舌の真ん中辺りに当てて、首を左右に振るようにし、ヌルヌルの粘膜を擦りつける。

「んひいっ……こ、こんな前戯は初めて……まるであの、いやらしいビデオみたいだわぁ……ううぅん……む、むぐぐっ」

なんでも、これまで彼女は、クンニをされたことがなかったという。

彼女の亡夫も、口づけを交わしながら指で女陰を触ってきたことはあった。けれど、女の股ぐらにしゃぶりつくような破廉恥な愛撫は一度もしなかったそうだ。

（……旦那さん、本当はしてみたかったのかもな）

野外プレイの願望と同様に、その勇気がなくて我慢していたのかもしれない。

そして結局、妻の女陰の味を知らぬまま、あの世へ旅立ってしまった。

代わりに充が、覚えたての口技で櫻子に奉仕している。クリ責めが効いているようで、櫻子は手で口を塞《ふさ》ぎながらも、喉の奥から呻き声を漏らし、身をよじって悶えていた。

「ふぐっ、ううぅ……ん、んーっ」

上目遣いに見ると、くねる女体にあわせて、Eカップの双丘が左右に揺れている。女の股から見上げる、なんとも情欲を誘う景色に、若勃起はペチペチと下腹を打ち、鈴口からカウパー腺液が滴《したた》る。

そろそろいいだろうかと、充はいったん割れ目から口を離した。

見れば膣口は活発に躍動し、ヒクッヒクッと収縮するたび、穴の奥から透明な液体を噴き出していた。割れ目からこぼれたそれは、会陰《えいん》を伝ってアヌスの窪みにまで流れ込んでいる。

もはや膣内も充分に潤《うるお》っているだろう。このまま挿入しても大丈夫だと思われた。が、そう思った矢先、彼女が悩ましげな媚声《びせい》で訴えかけてくる。

「いやぁ……や……やめないでぇ」

どうやら初クンニの悦びに、すっかり夢中になってしまったようだ。

まだ覚えて間もない充のクンニが、大人の彼女をこんなにも蕩けさせた。それは実に誇らしいことで、充は再び女の股ぐらにしゃぶりつき、剝き身のクリトリスを舐め転がしては、蜜壺の口に舌先をねじ込ませ、ほじくり返すようにした。

「は、入ってくるぅ……くひぃぃ……いいっ……あ、や、クリトリスが、もげちゃいそう……もう、イッちゃうわ、私……あ、ああっ……うぐうぅぅ……！」

櫻子は、切羽詰まった唸り声を漏らす。

大きな声にならないよう、精一杯に押し殺しているからか、代わりに彼女の腰が、はしたなく、狂おしげにくねりまくった。

充は両手で太腿ごと抱え、暴れる彼女の腰を押さえ込むと、とどめの口技を施す。クリトリスを包むように唇を押し当て、頰が凹《へこ》むほど吸引する。

「ああぁ、ほんとにイッちゃう……うむむっ……！」

もう間もなく、それこそあと一分か二分ほどで、本当に彼女は絶頂するだろう。充にも、その気配が感じられた。

そのとき、突然部屋のドアが音を立てた。

誰かが外で、ドアレバーを動かそうとした音だ。ガチャ、ガチャガチャガチャ。続いてノックの音が鳴り響き、女の声が聞こえてくる。『なんで鍵かけてるの？　開けてよぉ』

充はギョッとして、思わず舌を止めてしまった。

だが、すぐに冷静さを取り戻す。きっと他の客が、部屋を間違えたのだ。廊下にはたくさんの扉が並んでいるから、自分の部屋の番号をちゃんと覚えぬまま、たとえばトイレなどに行ってしまうと、戻ってきたとき、自分の部屋の扉がわからなくなってしまうこともあるだろう。

その女は、この部屋が自分たちの部屋だと信じ切っているようだった。呼びかけも、ノックも続く。

一方の櫻子は未だ困惑していて、怯《おび》えた表情で扉の方を見ていた。

「な、なに……誰……どういうこと……!?」

充は、クンニどころじゃなくなっちゃったなと思った。

しかし、いや違うと考え直す。彼女がスリルに興奮するというのなら、これこそ求めていたシチュエーションではないか。

再び彼女の腰を抱え込み、小指の先ほどに勃起したクリトリスをピチャピチャと舐め上げた。

「ちょっ……み、充くん、ダメよ、今は……あ、あうっ！」

「櫻子さんの大好きなスリルですよ。愉しんでください」

クンニを再開すれば、すぐに女体はアクメ寸前だったことを思い出したようだ。彼女の腰は忙しく戦慄《わなな》き、肉厚の太腿が充の頬を力強く挟み込んできた。

ムッチリとした熟れ肉による圧迫感に酔いしれながら、充はクリトリスを勢いよく吸い上げる。

そして、弾《はじ》けんばかりに張り詰めた肉蕾へ、そっと前歯を食い込ませた。

「ヒッ、ヒイイ、イックうぅ……うむううぅぅ……!!」

櫻子はブリッジをするみたいに仰け反って、ビクッ、ビクビクッと、身体中を打ち震わせた。その間も必死に口を手で覆《おお》って、こぼれそうな嬌声を抑えている。

その直後、廊下の方から、どこかの扉の開く音がした。

『なにやってんだよ、マキ。こっちこっち』

『え？　あっ、間違えました。すみませーん』

足音が逃げるように去っていった。どうやら想像したとおりのことだったようで、やれやれと、充は身体を起こした。

発作が治まった櫻子は、ぐったりとして、マットレスに手脚を投げ出す。あられもなく大股を広げ、割れ目からはダラダラと多量の愛液を垂らしている。

「……櫻子さん、イッちゃいました？」

「……え……ええ」

荒い呼吸の彼女は、充と目を合わせると面映《おもは》ゆそうに頷いた。

5

櫻子が落ち着くのを待ってから、充は尋ねた。「どうでしたか？　こんな場所でクンニをされた感想は？」

太い息を吐いて、櫻子も身体を起こす。紅潮した美貌が、満面の笑みを浮かべた。

「期待以上よ。私、嵌《は》まっちゃったかもしれないわ」

櫻子が四つん這いで擦り寄ってくる。彼女の手が、ペニスを柔らかに包む。

「ねえ、充くん……もちろん、クンニで終わりなんてことはないわよね？」

充が答えるまでもなく、肉棒はいつでも挿入可能とばかりにそそり立ち、玉のようなカウパー腺液を止めどなく溢れさせていた。

「うふっ、準備万端ね。じゃあ少し待っててちょうだい。私も全部脱いじゃうから」

櫻子はストッキングを脱ごうとした。ガーターベルトも外す気らしい。

「あ、待ってください」と、充はそれを制止する。今のままの方が、充にとってはそそる眺めなのである。できれば、この格好のままの彼女とセックスしてみたかった。

(そうだ、せっかくなら——)

充は、あの破廉恥なセーターをもう一度着てくれませんかとお願いしてみる。

「汚しちゃうかもしれませんから、無理にとは言いませんけど……」

「ううん、そうね……。でも、いいわ。私の願いを叶えるために付き合ってくれているんだから、私も、充くんの希望を叶えてあげないといけないわよね」

そう言って櫻子は、童貞殺しのセーターを再び着てくれた。

そして仰向けに横たわる。セーターの前身頃を中央に寄せて、左右の乳房を露わにしてくれた。

どうかしら？　と、男を挑発するような眼差し——でも、やっぱりちょっと恥ずかしそうでもある。

「ああ、いいですよ。凄くエッチです」

服を着ているのに、乳房も乳首も外にこぼれ出ている。なんとも扇情的なだらしなさ。弁護士の彼女が、まるで娼婦の如き痴態で男を誘っていた。

両脚はM字に開いていて、セーターの裾はずり上がり、蜜まみれの牝花ももちろん丸出しである。充は鼻息も荒く、膝立ちで彼女の股ぐらににじり寄る。

幹の根元を握って、狙いを定め、ぬかるんだ肉の窪地に亀頭をあてがった。逸《はや》る心でペニスを押し進める。

これでもかと膣口を押し広げて、張り詰めた亀頭が潜り込んでいった。そしてズブズブッと、太マラが熱い肉壺の中へ埋没していく。

「あ、ああっ、やっぱり太いわ。こんなの、アソコが裂けちゃうんじゃゃ……」

櫻子は不安げな表情で、己の股間に視線を送る。

だが、膣路の中は充分すぎるほど潤っていたし、彼女の膣肉はとても柔らかかったので、無理矢理に力を込めなくても、剛直は確実に突き進んでいった。

「大丈夫ですよ。ほら、もう全部入っちゃいます」

ほどなく、幹の根元までズッポリと嵌まり込んだ。

「どうですか？」と充が尋ねると、彼女は少しほっとした様子で、「そ、そうね、大丈夫みたいだわ……」と答えた。強烈な拡張感に肉穴の縁がジンジンしているが、痛かったり、苦しかったりはしないそうだ。

充も安心し、正常位でゆっくりとピストンを始めた。

(これは……ううん、気持ちいい)

櫻子とのセックスは、晶のときとはまた違う心地良さで、膣穴の嵌め心地は人それぞれなのだと、充は知った。

肉体労働で鍛えられている晶は、膣路の締めつけもかなり力強い。

櫻子の方は、それには及ばなかったが、柔軟性に富んだ膣肉がペニスの隅々《すみずみ》まで吸いついてくる感触は、なかなかのものである。

それに膣襞の摩擦感は、櫻子の方がよりはっきりと感じられた。雁首の溝の奥まで、角の立った肉襞が潜り込んで絡みついてくるのだ。

大きな音が出ないように、互いの腰がぶつからない緩やかな抽送《ちゆうそう》。それでも若くセンシティブな男根には、たまらない快感がもたらされた。

(しかも、ああ、この状況……僕までドキドキする)

インターネットカフェの一室でセックスをしている——この異常な状況が、充まで興奮させていた。スリルによる愉悦に嵌まったという櫻子の気持ちも、わかるような気がする。

ペニスは着実に性感を高めていった。そして、このプレイを熱望していた当の櫻子は、充以上の快感を得ているようだった。

「ああっ、い、いいわぁ……もっと深く、もっと奥まで突いてぇ、あぁぁん」

豊かなアルトの響きで、甘ったるい媚声を漏らしながら、櫻子は、控えめな抽送に焦《じ》れたみたいにイヤイヤと身をよじる。

「わ、わかりました」

充は、亀頭が軽く膣底に当たる程度のピストンをしてみた。そこにポルチオという性感帯があると、晶から教わっていた。

トン、トン、トンと、女の泣きどころを優しく小突くと、櫻子は悦びに打ち震えつつも、ますます眉間の皺を深くして美貌を歪《ゆが》める。

「あぁん、ダメ、もどかしいの、もっと強くうぅ」

「もっとですか？　で、でも……」

これ以上ピストンを励ませば、互いの腰がぶつかり、淫らな破裂音が鳴ってしまう。また、ストロークが加速することで、ヌチャヌチャと蜜壺を掻き混ぜる音も大きくなるだろう。

そのことを伝えたうえで、充はさらにこう諭《さと》した。

「それに櫻子さんも、エッチな声がだいぶ我慢できなくなってますよ。これ以上気持ち良くなったら――」

「あ、ああん、わかってるわ。でも、もっと気持ちいいのが欲しくてたまらないの……お願いよぉ」

濡れた瞳で哀願してくる櫻子。その眼差しに、充は背筋をゾクゾクさせる。

年上の女が快楽に溺れ、すがりついてくる有様は、若牡の劣情を激しく高ぶらせた。

「櫻子さんって……こんなにスケベな人だったんですね。だからノーパンで来たんですか。車を運転しながら、こっそりオマ×コ濡らしてたんでしょう？」

「ああっ、言わないでぇ……いやぁ」

否定しないところを見ると、どうやら図星だったらしい。

（ううん、なんだか楽しくなってきたぞ）

晶とセックスするときは、充はほぼ完全に受け身。それも悪くはないが、こうして主導権を握って女を悦ばせ、責め立て、乱れさせていると、こちらの方が自分の性《しょう》に合っているような気がしてくる。

ふと面白いアイデアが浮かび、唇の端を薄笑いで歪めた。

「ねえ櫻子さん、この部屋の扉のロック、外してみましょうか？」

「……え？　な、なにを言ってるの？」

櫻子が戸惑っているうちに、充は素早く結合を解き、扉のロックを解除してしまう。

そして、すぐさま櫻子の元に戻って、再挿入。彼女の希望どおり、腰と腰のぶつかるピストンで、パンッパンッパンッと女体を打ち鳴らす。

「え……やだ、ああ……本当にロックを外しちゃったの……!?」

「ええ。もしさっきみたいに誰かが部屋を間違えたら、セックスしている僕たちの姿が思いっ切り見られちゃいますね」

その瞬間を想像したのか、櫻子の顔は火を噴きそうなほど真っ赤になった。

「ま、待って……こんな、あうぅ、心臓が破裂しちゃいそうだわ……こ、怖い」

「じゃあ、やめますか？　やっぱりロックかけます？」

充は嵌め腰を止め、櫻子に返答を促す。

すると彼女は、駄々っ子のように首を振った。

「あ、あ、やめないでちょうだい。このままでいいわ。とっても怖いけど……でも、信じられないくらい気持ちいいの……！」

吐息を乱し、その声は怯えたように震えている。

だが彼女は、同時に微かな笑みを浮かべた。その表情はなんとも妖しく、艶めかしいものだった。滴る汗で濡れた頬には、乱れた髪の毛が張りつき、それがまた、彼女の美貌をより淫靡に映えさせる。

(櫻子さん……なんていやらしい人なんだ)

充は半ば呆れ、半ば感動した。ふくよかな太腿をがっちりと抱え込んでピストンを再稼働する。

弁護士という堅い仕事であり、未亡人という立場にある女が、アブノーマルな愉悦の虜となり、あられもなくアヘ顔を晒していた。

彼女の淫気に当てられ、充の腰も加速していく。その勢いで、セーターから露出した巨乳がタプタプと小気味良く揺れた。肉同士がぶつかる乾いた破裂音と、水飴を練るような音が、四畳半ほどの狭い室内に響き渡った。

本当に廊下の外まで音が漏れているかもしれない。しかし、それでも構わないと充は思った。自分もまた、荒ぶる情欲に我を忘れつつあった。

廊下から足音が聞こえた気がする。扉の開く音、人の話し声が聞こえた気がする。そのたび櫻子は、恐怖と喜悦をごちゃ混ぜにした表情で、ビクッ、ビクビクッと、熟れ肌を震わせた。

それに合わせて肉穴の入り口も躍動し、ペニスを締めつけてくる。竿や雁首が心地良くくびられ、充が気づいたときには射精感が限界を超えようとしていた。

「おうぅ……イ、イキます。中に出しても、いいですよね？」

「えっ……な、中に？」

「駄目ですか？　外に出した方が、いいですか？　オッパイとか、顔とか。旦那さんの持っていたAVに、そういうシーンもあったでしょう？」

「あ、あったわ……でも、顔はちょっと……」

さすがに櫻子も、顔面射精には難色を示した。かといって乳房への吐精も、下手をしたらセーターに精液がこびりついてしまう。

青臭いザーメン臭を漂わせながら受付に行って精算をする——それはいわゆる羞恥プレイというもので、彼女の求めるものとは違うのだ。

「い、いいわ、そのまま中に出してちょうだい。でも……は、はうぅ」

櫻子は手を伸ばし、震える指先が、太腿を抱え込んでいる充の手を撫でてくる。

「もう少しだけ、ね、頑張れないかしら？　そしたら私も……い、いい、イケそうなのぉ……！」

普段の充なら、力の限り、一秒でも長く射精を堪えて、彼女が果てるまで必死に腰を振り続けたことだろう。

だが、今は妙に気が高ぶっていて、いつもより強気でわがままだった。

そもそも、車の中での触りっこに始まり、スリリングなクンニ、セックスと続いたせいで、牡の興奮は募りに募っていた。

充は首を振り乱し、額に溜まっていた汗を飛び散らす。

「もう、無理です。けど、櫻子さんが満足するまで、僕、しっかり責任持ちますから、安心してください」

前立腺でせき止められた本日の一番搾りが、放出の瞬間を今か今かと待ちわびていた。これ以上は我慢できない。いや、我慢したくなかった。

「イッ……イキますっ……ウグ、ウウーッ!!」

幹の根元まで挿入し、鈴口を膣底にめり込ませると、充は射精感に身を任せる。

熱い樹液が尿道を駆け抜け、女体の最深部に勢いよくほとばしった。

6

（ああ……まだ若いから、女がイクのを待ってあげるなんてできないのね）

膣内のペニスの脈動に心地良さを覚えつつも、櫻子は少々がっかりした。

あと少しで昇り詰めることができたのに――。彼のペニスが回復したとして、その頃には、自分の身体は醒めてしまっているかもしれない。言葉には出さなかったが、落胆の溜め息がちょっとだけ漏れてしまった。

（まあ、充くんって、ついこの間、初体験をしたばかりらしいし、仕方がないわね。晶さんが結構褒めていたから、私も期待しすぎちゃったみたいだわ）

こんな場所でセックスするという、自分の変態的な願望に付き合ってくれたのだから、それだけでも感謝しなければならない。たとえこの後、自分が絶頂できなかったとしても、彼を恨んではいけない。櫻子はそう考える。

が、それはとんだ思い違いだった。

射精の痙攣《けいれん》がやんだ途端、充はすぐさまピストンを再開した。たった今の大量射精が嘘のように、ペニスはフル勃起のまま。少しも萎《な》えていない。

（ええっ……す、凄いわ。あんなに出したのに、勃《た》ちっぱなしなの!?）

晶から話は聞いていたが、若い男のペニスがこれほどとは、櫻子の想像を遙かに超えていた。

力強く腰を振りながら、さらに彼は、櫻子の剝き出しの乳房を揉みしだく。乳首もつままれ、こねられ、ピンと硬く尖ったら、指先で上下に弾かれた。彼はまるでオモチャで遊ぶみたいに、楽しげに、執拗にいじりまくってくる。

「あうっ、んんんっ……乳首で、こ、こんなに感じてしまうなんて……！」

「櫻子さん、声をもっと我慢してください。じゃないと隣に聞こえちゃいますよ」

からかうように言って、充はニヤリと笑った。

「さっきから、隣の部屋から声が漏れてこないですよね。もしかして、僕たちがセックスしているのに気づいて、聞き耳を立てているんじゃないですかね？」

「えっ……」

櫻子は隣の客の声など、ずいぶん前から気づいていなかった。それだけこのセックスに夢中になっていたのだ。

彼の言っていることは本当だろうか？　そうだとしても、

（……単純に、隣のお客さんが帰っただけかもしれないじゃない）

けど、そうじゃないかもしれない。今、この瞬間も、隣の部屋のカップルたちが、壁に耳をつけて、自分のはしたない喘《あえ》ぎ声に聴き入っているのかもしれない。

あるいは、受付に苦情の電話を入れている可能性もある。隣の部屋からいやらしい声が聞こえてきて迷惑です、と。そして店員が、この部屋に注意をしにやってくるかもしれない。

この部屋の扉のロックは解除されたままだ。もちろんノックもなしに、いきなり扉を開けられるようなことはないだろうが——。

あれやこれやと考えているうちに、櫻子の胸中で不安はどんどん膨らんでいく。

しかし、身体中が粟立《あわだ》ち、緊張が高ぶるほど、櫻子は言いようのない快感を得た。悪寒の如く背筋がゾクゾクし、心臓は破裂しそうなほど激しく鼓動しているが、それが心地良くてたまらないのだ。

「ダ、ダメッ、気持ち良すぎて、大きな声が我慢できなくなっちゃうわ」

言っているそばから、ヒイッと、櫻子は悲鳴を上げてしまう。背徳の快美感が次々と波の如く打ち寄せ、もう自分でもどうしようもなかった。

「くうぅ、み、充くん……お願い、私の口を塞いでっ」

下腹の奥がジンジンと熱い。まるで子宮に火の玉があるみたいだ。間もなく自分は昇り詰めるだろう。これまで経験したことのないような強烈な絶頂に違いないと、すでに確信していた。

「え？」と、充は眉根を寄せる。「塞ぐって、手で、ですか？」

櫻子はまどろっこしくなり、自ら動いた。ガバッと上半身を起こして充にしがみつき、驚く彼の唇を奪う。

その直後、子宮内の火の玉が爆発し、熱と衝撃が全身を貫いた。

(イクーッ!!)

「むぐううぅ!! ふぐっ、んおおっ、ウウウウーッ!!」

充の口内にアクメの絶叫を吐き出しながら、ガクガクと痙攣する。

頭の中が白く溶け、気が遠くなりそうだった。

やがて、彼の首にギュウウッと巻きつけていた腕から力が抜けていく。互いの顔が離れ、唇同士を結んだ唾液の糸が、細くなって、音もなく切れた。

櫻子は背中からマットレスに倒れ込んだ。

(し……死んじゃうかと思ったわ……)

淫らなスリルに味付けされた絶頂感は、オナニーや、亡き夫としたセックスが、ほんのお遊びに思えるほど凄まじかった。

いや、充のおかげでもあるだろう。彼の極太のペニスの嵌め心地は、膣路がその拡張感に馴染むほど、さらに甘美なものとなったのだ。

(晶さんが彼のことを褒めていたのは、こういうことだったのね。今日はもう、お腹いっぱいだわ……)

胸の鼓動が落ち着いてくると、身体が宙にふわふわと浮いているような、なんとも快いオルガスムスの余韻に、ゆったりと浸ることができた。

しかし、そんな至福の時間も突然掻き乱される。充が再び腰を使いだしたのだ。剛直がアクメに蕩けた女壺を抉り、パンパンに張りだした雁エラが、膣内に点在する性感ポイントをゴリゴリと擦ってくる。

「い、いやあぁ、待って、充くん、まだ続けるのっ？　おお、おほおおぉ、止まって、いったん止まってえぇ」

「え……もう終わりなんですか？」

充は抽送をストップし、困惑した顔で尋ねてきた。

膣内の若勃起は、もっと射精したいと言いたげに、ヒクンヒクンと元気よく脈打っている。若い男の精力を思い知らされた櫻子は、申し訳ない気持ちで言った。

「ごめんなさい。でも、これ以上されたら、帰りの車の運転ができなくなっちゃうわ……」

今の時点でもう、手足が痺《しび》れて力が入りづらくなっている。このまま続行したら、本当に腰が抜けてしまうかもしれない。

「そうですか……。わ、わかりました」

充は残念そうに結合を解いた。顔はしょんぼりしているのに、ペニスは青筋を浮かべて隆々と反り返っていた。それがなんだかおかしくて、つい吹き出しそうになるが、同時に可哀想だとも思う。

櫻子も起き上がって、こう提案する。

「ねえ……く、口で良ければ、してあげるけど……？」

実は櫻子は、夫の遺品のＡＶを観て、フェラチオにも多少の興味を持っていた。

「初めてだから、上手くできるかわからないけれど……どうかしら？」

初めて——と聞いて、充は瞳を輝かせる。「櫻子さんの初めてのフェラチオを僕のために？　凄く嬉しいですっ」

是非にと、彼は口淫を請うてきた。

「そうだ、初めてなら、お手本があった方がいいですよね」

ウキウキした様子で充はパソコンを操作し、動画配信サービスの画面を開く。映画やドラマが観られるような一般のものではなく、アダルト動画専門のサイトだ。

〝フェラチオ〟で検索をかけ、その結果から、人気ナンバーワンだという作品を再生する。冒頭のインタビューシーンをすっ飛ばし、女優がペニスを咥えるところまで早送りした。

「じゃあ、これを観ながら、よろしくお願いします」

流れる映像と同じように、充は立ち上がって後ろに手を組み、櫻子の鼻先にペニスを突き出してくる。

フェラチオしてもらうのがそんなに楽しみだったのか、肉棒はずっと勃ちっぱなしだった。それは白濁《はくだく》した粘液に未だまみれていて、かなりの刺激的なアロマを放っている。半分は充のザーメン、もう半分は櫻子の本気汁の臭気だろう。

これを咥えることに抵抗がない——と言えば、嘘になる。鼻の奥にツンとくる青臭さと、乳酸飲料のような甘酸っぱい匂いが混ざり合い、熱気を孕《はら》んでペニスから立ち上っていた。

「あっ……すみません、ちょっと待っていてくださいね。今拭《ふ》きますから」

充は気を利かせて、部屋に用意されていたティッシュで白塗りの肉棒を綺麗にしようとする。

しかし櫻子は、「いいわ、このままで……」と言った。

女体の深奥に溜まった若牡のエキス——出来たてのクリームスープのような熱い液体で子宮を満たされている感覚。それが櫻子を、淫らな牝にしていた。

ついさっきまで自分の恥穴に入っていたものへ、思い切って舌を這わせる。

（苦くて、しょっぱくて……ほんの少し、甘酸っぱさも混ざっているような……）

実に奇妙な味わいだ。だが、それほどまずいとは思わなかった。続けてペロリ、ペロリと、ソフトクリームを舐めるように舌を擦りつける。

「あっ……そこ、裏筋……ううっ」

小さく呻いて、充は腰をくねらせた。雁首の裏側の、皺の寄った縫い目のような部分。ここが特に気持ちいいらしいと察し、櫻子は念入りに舐め上げて、充を悶えさせた。

そしていよいよAV女優が、モザイクに塗り潰されたペニスを咥える。

櫻子も勇気を出して、まずは亀頭を咥えてみた。唇を精一杯に広げると、ようやく雁エラまで口腔に収められた。

（顎が外れちゃいそうだわ……）

横目でディスプレイを眺めながら、見よう見真似でペニスをしゃぶった。首の振り方などは参考になったが、しかし口の中でなにをしているのかはわからなかった。

（きっと舌で舐めているのよね……？）

試しに亀頭に舌を絡め、飴玉を舐め転がすようにしてみる。すると、充が息を呑むのがわかった。

いったんペニスを吐き出して、櫻子は尋ねてみる。

「えっと……どうかしら？　今みたいな感じで気持ちいい？」

充は コクコクと首肯《しゅこう》した。「はい、とっても。初めてだなんて信じられないくらい気持ちいいですっ」

「そ、そうかしら」

「それに——櫻子さんみたいな美人の弁護士さんが、美味しそうにオシャブリしてるのを見てると、僕、凄く興奮します」

「やだ、もう……それ、褒めているつもりかしら？　うふふっ」

満面の笑みを浮かべる彼は本当に嬉しそうで、お世辞を言っているふうには見えなかった。物言いは少々下品だったが、若い男から面と向かって美人と言われれば、櫻子もまんざらではない。

「じゃあ、続けるわね……はむぅ」

今度は先ほどよりも深く咥え込み、ディスプレイの中の彼女と同じように、チュパチュパとはしたない音を響かせて、剛直をしゃぶり立てた。

さらに指の輪っかを竿の根元に巻きつけ、シコシコと擦る。お手本の彼女の口元から、ボタボタと唾液が滴り落ちるのを見て、なるほど、唾液は飲み込まずに、口の中に溜めるのねと学習し、早速実践した。櫻子は、勉強は得意なのだ。

「お、おうぅ、いいですよ。そんなに舐められたら、チ×ポが溶けてなくなっちゃいそうです」

充は鼻息を乱しながら、櫻子とAV女優の顔をチラチラと見比べる。

櫻子もディスプレイを見て、鼻の下を伸ばした、なんとも卑猥《ひわい》なフェラ顔の彼女に気づいた。きっと今、自分もあんな顔になっているのだと、羞恥心が込み上げる。

が、それでも首を振る勢いは止めない。

(私にこんないやらしいことができるなんて……自分でも信じられないわ)

亡夫のエロDVDを観るまで、己の内にこんな淫らな本性が隠れているとは、夢にも思わなかった。自分が男性器を口に含むなど、想像もできなかった。

夫もそうだったのだろう。だから最後までアブノーマルなプレイに誘うことができなかったのだ。

(勇気を出して、誘ってくれれば良かったのに……)

こんなに気持ちのいいことなら、愛する夫ともしてみたかった。せめて自分が、亡き彼の分までこの快感を味わってみようと思う。そうすれば、彼も草葉の陰で喜んでくれるような気がした。

個室とはいえ、周囲の人々に気づかれてもおかしくない状況で、牡の肉を口いっぱいに頰張り、しゃぶる――その行為に、櫻子は心から酔いしれる。

口の中でピクッピクッと震えるペニスが、妙に可愛く感じられた。愛情を込めて、ねっとりと舌を絡みつければ、充は上擦った声で限界が近いことを告げる。

「あぁ、うわ、ううぅ……ぼ、僕……もう、我慢が……」

と、そのとき、ディスプレイ内のAV男優も、筋骨隆々の身体に似合わぬ情けない声を上げた。その悲鳴のような叫び声が、徐々に小さくなっていく。

ほどなく女優は、口からペニスを抜いた。彼女が唇を大きく開くと、その口内は、白く濁った粘液でたっぷりと満たされていた。

次に彼女は、大量のザーメンを吐き出さぬまま口を閉じる。再び彼女が口を開くと、なみなみと溜まっていた白濁液が綺麗になくなっていた。

口内射精からの飲精。夫のAVで、初めてそれを観たとき、櫻子は啞然としたものだ。話には聞いたことがあったが、本当にするなど信じられなかったのである。

（私に、できるかしら……）

櫻子はチラリと視線を上げた。充が、食い入るように画面を見つめていた。

いったん口淫をやめて、櫻子は尋ねた。「……充くんも、私の口の中に出したいのかしら?」

「そう……わかったわ。じゃあ、出しなさい」

太マラを咥え直すと、櫻子は口唇愛撫にラストスパートをかけた。濡れた朱唇を雁エラに引っ掛かるようにして、ジュポジュポと荒々しく擦り立てる。

唇の端からこぼれた唾液が、幹を伝っていった。そのぬめりで根元をしごきまくり、空いている手でオイルマッサージの如く、優しく陰嚢《いんのう》を撫で回す。

「あ、ああっ、ほんとに、いいんですね? ありがとうございます。だ、出しちゃいますよ……!」

充の膝がガクガクと震えた。櫻子の口内で、彼の分身がひときわ力強く跳ねる。

その直後、熱い樹液が鈴口から噴き出し、櫻子の喉の奥を撃ち抜いた。

「イ、イキますっ、ウグーッ!! あ、あぁ、くおおぉ……!!」

ゲホゲホとむせそうになるのを、櫻子は必死に堪えて、注ぎ込まれる多量のザーメンを受け止めた。

口の中がいっぱいになっても、精の放出はやまない。櫻子は意を決して、ゴクリ、ゴクリと、牡の種汁を飲み込んでいった。苦味と塩味の混ざった粘液の、なんともいえぬ舌触り。それが喉にも絡みつく。青臭い、濃厚なザーメン臭が逆流し、鼻腔をツーンと刺激した。

どれもこれも普通なら不快感を催すもの——のはず。だが、今の櫻子には、どういうわけかそれらが心地良く思えた。すべて飲み干したときには、奇妙な達成感すら覚えていた。

（ああ、今の私、とってもいやらしいわ……）

すでに身体は満足したはずなのに、秘裂から新たな愛液が溢れ出す。

女壺の奥に溜まっていたザーメンも、排泄感《はいせつかん》を伴《ともな》って膣口からドロリとこぼれ、いつしか内腿にまで垂れていたのだった。

7

櫻子は、やっぱりもう一度、充に抱いてほしそうだった。

だが、本当に車が運転できなくなってしまったら洒落にならない。それに、ここであんまり時間を使うと、夜の大学の授業に間に合わなくなってしまう。

（僕も、もう一回くらいしたいけど、残念ながらここまでだな）

男と女の淫液が少しばかりマットレスに垂れていたので、ひととおりティッシュで拭き取ってから、二人、別々にシャワーを浴び、店を出た。受付の店員の対応はごく普通で、どうやら個室でセックスをしたことは、まったく気づかれなかったようだ。

櫻子の車で、充の家まで送ってもらう。運転をしながら彼女は、スリリングな行為の快感にすっかり嵌まってしまったことを、嬉しそうに話した。

そして、充のペニスのことも賞賛する。大きいだけでなく、反りの入ったその形状がなんとも効くのだそうだ。

「今、充くんの家に、晶さんも住んでいるのよね？　じゃあ、やっぱり……毎晩しているのかしら？」

「は、はい」

「いいわね。晶さんが羨ましいわ」櫻子は熱い溜め息を漏らす。

「……ねえ、これからときどき、私も充くんのおうちにお邪魔していいかしら。お料理はあまり得意ではないけれど、洗濯や掃除ならしてあげられるわ」

充としては、櫻子が来てくれるのは全然構わない。むしろ大歓迎だ。

「別に家事なんてしてくれなくてもいいですよ。いつでも遊びに来てください」

しかし櫻子は、いいえと首を振る。

横断歩道で車が止まると、そっと充の膝を撫でてきた。

「遠慮しないで。充くんって、なんだか面倒を見てあげたくなっちゃうのよ。晶さんの気持ちがわかるわ」

その口調は、母性を含んでとても優しそうだった。

ただ、彼女の膝の撫で方は、次第に妖しくなっていく。五本の指を、蜘蛛《くも》の脚のように蠢《うごめ》かせ、充をゾクゾクさせた。

婀娜《あだ》っぽく目を細めて、彼女は言った。

その代わり、またさっきみたいに気持ち良くしてちょうだい――と。

第三章　その人妻は優しく触られたい

1

それからというもの、櫻子が毎日の如く遊びに来るようになった。

彼女の職業は弁護士だが、今は休職中なのだという。法律事務所の所長だった夫が亡くなった後、三年近く、彼女は所長代理を務めていたらしいが、つい最近、所長の座を義理の息子に譲ったのだそうだ。

「それで、いつまでニートでいる気なんですか？」と、晶が尋ねると、櫻子は肩をすくめ、苦笑しながら「わからないわ」と答えた。

なんでも櫻子は、夫の連れ子だった義理の息子と折り合いが悪いらしい。その彼は父親の再婚に反対だったようで、今でも櫻子のことを母親と認めていないのだとか。

櫻子が所長代理を務めていたときも、同じ事務所で働いていた義理の息子は、なにかと櫻子の方針に嚙みついてきて、職場はいつもギスギスしていたという。果ては派閥のようなものまで出来てしまって、櫻子派と義理の息子派でつまらないいがみ合いをすることもあったそうだ。

「私が事務所に復帰したら、またあの日々に戻ってしまうと思うから、気が進まないのよ。夫の遺産もあるし、当分は金銭的に困ることもないだろうから……なんだったら、このまま引退しちゃうかもしれないわね」

自由な時間を持て余した、いわゆる有閑マダムというわけである。

ただ、晶のように、充の家に泊まったりすることはなかった。櫻子は一人暮らしをしているというが、自宅には愛犬のパグが待っているらしく、外泊はそうそうできないという。

充の家に来た櫻子は、約束したとおり、掃除や洗濯をしてくれた。パンツまで洗われるのは、充としては少々恥ずかしかったが、櫻子は厭うことなく、むしろ幸せそうに充のボクサーパンツを洗濯し、乾燥機にかけ、丁寧にたたんでくれた。

そうなると、晶のやることはだいぶ少なくなった。ただ、元々晶は家事が好きというわけではなく、櫻子がいろいろやってくれるのはむしろありがたいらしい。二人は本当に仲が良く、晶の仕事が休みの日は、櫻子が晶に教わりながら、一緒に昼食を作ったりした。

「私、昔から料理が苦手だったから、せっかく暇なんだし、練習したいって思っていたのよ。でも食べてくれる人がいないと、なかなかモチベーションが湧かなくて……。充くんが食べてくれるなら、とっても頑張れちゃうわ」

櫻子はハンバーグが作れるようになって感動していた。これからもどんどんレパートリーを増やしていきたいという。

ただ、櫻子が充の家に来てくれるのは、もちろん家事をするためだけではない。大学へ行く充を、櫻子は車で送ってくれた。いうまでもなく、単なるドライブではない。彼女の目的は、野外や公共の場所での淫らなプレイだった。

家電量販店の屋内駐車場や、公園のトイレ、寂《さび》れた神社の社《やしろ》の裏などで、充は櫻子と交わった。時間がないときは、フェラチオだけで済ませることもあった。櫻子自身は、スリルを堪能することさえできれば、自分はオルガスムスに達していなくてもそれなりに満足なのだとか。

もっとも、自宅に帰ってから、その日のプレイを思い出してオナニーをしたりはするらしいが——。

そして、夜は夜で、充は晶とセックスをする。

櫻子が来るようになってから、晶はますます激しく充を責め立てるようになった。充にまたがり、「今日はどんなエッチなことを櫻子さんとしたの？」と問い詰めながら、猛烈に腰を振るのである。もしかしたら、多少は対抗意識や独占欲が出てきているのかもしれない。

そんな一週間が続いた。大学の後期テストが間近となっても、晶たちが家事をやってくれたので、その分、テスト勉強に時間を費やすことができた。

いざテスト期間になると、さすがにセックスも控えた。そしてテストが終われば、大学は春休みとなった。一月の末から三月いっぱいまでの、なんとも長い休暇が始まる。

春休みに入ってから数日後のこと。大学の授業がなくても、一日中遊んでいるわけにはいかない。その日も充は、朝からコンビニで働いていた。

昨夜は、夜遅くまで晶の相手をしたので、ちょっと眠かった。しかし今日は、紗雪と同じシフトの日で、テンションは充分に高まっている。

いつものように、紗雪は午前九時からのシフトで来るはずだった。

しかし、普段なら始業の十五分前には来ている彼女が、今日は五分前になってもまだ顔を見せていない。

九時になる直前ギリギリに出勤してきた店長は、まだ紗雪が来ていないと知って首を傾げた。彼が言うには、紗雪から遅刻の連絡などは来ていないそうだ。

それから十分ほど経った頃、紗雪はようやく店に現れた。

いつも真面目な仕事ぶりの彼女が遅刻とは、かなり意外である。だが、出勤してきた紗雪の顔を見た瞬間、充は、彼女の遅刻のことなど頭から吹っ飛んでしまった。

紗雪の、その目が、真っ赤だったのだ。まるで、ついさっきまで号泣していたかのように充血している。

まぶたも明らかに腫《は》れていた。目の下にはうっすらと青黒い隈《くま》が浮き出ていた。

「よ、吉高さん……なにかあったんですか……？」

ただごとではないと思って、充はおずおずと尋ねた。しかし彼女は、「……すみません」と謝るだけで、それ以上はなにも言わずにバックルームに入っていった。店長が遅刻の理由を尋ねても、「個人的な理由です。本当に申し訳ありません」と答え、深々と頭を下げるのみだった。

店の制服を着て、仕事を始める紗雪。いつものようにせっせと品出しをしているが、そんな彼女から、なんとも重苦しい空気が発せられている。その黒いオーラのようなものに気圧《けお》されて、充は彼女に一声かけることもできなかった。

（いったい、なにがあったんだろう……）

怪訝《けげん》に思いながら充がレジカウンターに立っていると、突然、バックルームから大きな音が聞こえてきた。

驚いて充が駆けつけると、紗雪が、飲料の在庫を棚から落としてしまったようで、ひしゃげた段ボール箱が床の上にひっくり返り、中から液体が溢れ出していた。

「だ、大丈夫ですか？　怪我は？」

しかし紗雪は、やはり謝るだけだった。蚊の鳴くような声で、すみません、すみませんと謝り続ける。

そのうち彼女は——叱られた幼子のように顔をしかめ、制服の裾をギュッとつかんで、ボロボロと泣きだしてしまった。

僕が泣かせてしまったのか⁉　と、充は激しく動揺する。

ほどなく店長がやってきて、「神木くんはレジの方をよろしく」と追い返されてしまった。仕方なくレジカウンターに戻るが、聞き耳を立てていると、店長と紗雪の話声が微かに聞こえてきた。

どうやら今日の紗雪は、家庭の問題で激しく心が乱れているらしい。

こんな精神状態の人を店に立たせるのは問題があると判断したのだろう。店長は紗雪に、今日はもう帰りなさいと言った。その言葉は優しいながらも断固としていて、紗雪は言われたとおりに早退した。

その後は、午後一時まで、充と店長で店を回した。店長には自分の仕事があったが、レジが混んだときなどは手伝ってくれた。

とはいえ、基本的には、充が一人でアルバイトの仕事をこなすこととなった。紗雪のことで心が落ち着かぬまま、二人分の作業をさばかねばならず、いつにない激務に疲れ果て、ぐったりしながら店を出た。

「あ、あれ……？」

家に向かって歩きだそうとすると、駐車場の陰から――紗雪が現れた。

充の前に立つと、紗雪は深く頭を下げる。涙にかれた、か細い声で、

「私のせいでご迷惑をおかけしました。本当に申し訳ありません……」

戸惑いながら充は尋ねた。「それを言うために、ずっと待っていてくれたんですか……？」

紗雪は小さく頷く。が、すぐにそれを打ち消すように首を振った。

「それだけじゃなくて……あの、私、神木さんに教えてほしいことがあるんです」

「え、僕にですか？　な、なんでしょう？」

すがるような眼差しの紗雪が、さらに一歩踏み出し、すぐ目の前まで迫ってきた。吐息すら感じられそうな距離に、充はドギマギしてしまう。

しかし紗雪は、それからしばらく口を閉ざしてしまった。

なにか言いたげな瞳で見つめてくるのに、唇は固く結ばれたまま。充は彼女の顔を見返すことしかできず、どうしたものかと困惑しながら、それでもその綺麗な顔立ちにいつしか見入っていた。

楚々とした切れ長の瞳。潤《うる》んだ黒目の仄かな煌《きら》めき。

鼻筋は高くないが、全体的な形は整っている。口は小振りで可愛らしく、唇は薄い。

(眉毛がハの字で、いつも困っているみたいな感じだから、なんだか幸薄《さち》そうに見えちゃうんだよな。でも、そんなところも妙に魅力的なんだ)

月夜にそっと咲き、その一晩で散ってしまう一輪の花のよう。そんな、儚《はかな》くも可憐な美しさ——

と、ついに彼女が、その重い口を開く。

「神木さんは……どうやって女の人を悦ばせているんですか？」

「え……え？　なんですって？」

彼女の美貌に見とれていた充は、思いも寄らぬ質問によって完全に虚を衝《つ》かれ、甲高い間抜けな声を上げてしまった。

紗雪は辺りを見回し、それから声を殺してこう言った。

「セ……セックスのことです……」

そして、恥ずかしそうにうつむいてしまう。

「な、な……」充は唖然としつつ、なんとかこう尋ね返した。「なんで僕に、そんなことを……？」

紗雪は申し訳なさそうな上目遣いで、チラッと充の顔を見た。

「……この間、私、見ちゃったんです」

ぽつりぽつりと彼女は話し始め、充の記憶もすぐに蘇《よみがえ》ってくる。

後期テストが始まる前のことだった。車で大学へ送ってもらう途中、とある公園に立ち寄ったことがあった。そこの公衆トイレで充は、櫻子とセックスをしたのだ。

その公園は、なんと紗雪の家の近所だったという。

そして運の悪いことに、そのときたまたま通りかかった紗雪に、二人で男子便所へ入るところを見られてしまったのだ。

「女の人も男子トイレに入っていくし、男の人はよく見たら神木さんだったから、私、物凄くびっくりしちゃって……」

いったいどういうことなのか、紗雪は、確かめずにはいられなくなった。そっと近づいて、男子トイレの裏側に回り込むと、建物の中から微かに女の声が聞こえてきたという。

なにを言っているのかは聞き取れなかったが、女の声が、しきりに相手に話しかけているようだった。その声は次第に大きく、甲高くなっていく。

耳を澄ませて、しばらく聞き続け、紗雪は確信した。ときに苦しげで、ときに嬉しそうで、媚《こ》びるような甘ったるい声。間違いなく、喘ぎ声だ。セックスをしている女の声だ——と。

(あのとき、吉高さんに聞かれてたのか……。ああ、なんてことだ)

充はめまいを覚えた。公共の場で破廉恥な行為をしていたことが、よりにもよって憧れの女性にバレていたとは——。

しかし、充が公園でセックスをしたのは、確か十日以上前のこと。

それ以降も、紗雪とは何度もアルバイトで顔を合わせていたが、彼女の態度は今までと変わっていなかった。少なくとも充は、なにも気づかなかった。

「じゃ、じゃあ、吉高さんは……僕がそんなことをする奴だって、とっくに知ってたんですね。軽蔑、しましたよね……」

だが、紗雪は首を振り、とんでもないですと強く否定した。

「だって……お相手の女性、凄く気持ち良さそうでしたよね」

目の下に隈のある、くたびれた様子の彼女の顔が、少しだけ頰を色づかせる。

「私……夫に抱かれても、あんなふうに感じられないいんです。夫のやり方が間違っているのか、私の身体が原因なのかわからなくて、ずっと悩んできました」

だから、充がどんなふうにセックスをしているのか、聞かせてほしいというのだ。

(悪い夢じゃないよな、これ……)

憧れの紗雪に、セックスの仕方を尋ねられているのである。とても現実の出来事とは思えない。試しに口の中で舌を嚙んでみた。やっぱり痛かった。

今にも泣きだしそうな、悲愴感のこもった真剣な瞳が、じっと充を見つめてくる。

充は覚悟を決めた。「……あの、外でするような話じゃないので、よかったらうちに来ませんか？　そこそこ近いですから」

すると彼女の表情に、わずかな躊躇《ためら》いの色が混ざった。

「神木さんって、確かご両親を亡くされて、一人暮らしだったんですよね……？」

彼女の胸の内を察し、充は慌てて手を振る。

「あ……い、いや、別に変なことを考えてるわけじゃ……決して下心で吉高さんを誘ってるんじゃないんです」

おそらく今日も櫻子は、充の家に遊びに来るだろう。もしかしたらもう家の前で、充が帰ってくるのを待っているかもしれない。

誤解を解き、紗雪を安心させるため、充は言った。

「僕の話だけより、女性の意見もあった方がいいですよね？　せっかくだから、本人から直接聞いてください」

2

櫻子のスマホに『今日は来られますか？』とメールを送ると、すぐに返事が返ってきた。ちょうど今、充の家に到着したばかりで、駐車スペースに車を停め、充の帰宅を待っているそうだ。

そのことを話すと、紗雪は少しほっとしたようだった。

しかし、やはり気になるという様子で首を傾げ、

「あのときの女性がいらしてるんですか？　あ、あの、お二人はやっぱり、恋人同士なんですか……？」

「いや、その、恋人同士ってわけじゃないんですけど……」

詳しい話はとにかく家に着いてからと、彼女を促した。

二人で家に着くと、駐車スペースの車の中から出てきた櫻子が、紗雪を見て、驚きの声を漏らす。「充くん、そちらの方は……？」

まあまあと、充はとにかく彼女たちを連れて家に入った。リビングダイニングに二人を通し、「コーヒーでいいですか？」と、紗雪に確認する。紗雪は落ち着かない様子で「はい……」と頷く。

「あら、じゃあ私がやるわ」と言って、櫻子がコーヒーを淹《い》れてくれた。

三人でテーブルに座ると、充は、紗雪と櫻子の紹介をした。紗雪は単なるアルバイトの同僚だが、櫻子の説明は少々面倒だった。

「神木さんの小学校でのお友達の、お母様の、そのお友達ですか……」

狐につままれたような表情を垣間見せたものの、紗雪は一応納得したようである。

続いて、紗雪を家に呼んだ理由を、櫻子に話した。公園のトイレでの行為に気づかれていたことも伝えると、櫻子は顔を真っ赤にしてうつむいてしまう。

だが、話が本題に入り、夫の愛撫で感じないことを紗雪が語りだすと、櫻子はすっと真面目な表情になった。きっと彼女が弁護士として、依頼人の話を聞いているときは、こんな顔になるのだろう。

「吉高さんは、ソフトタッチなら感じるんですね。そのことを旦那さんに話したことはあるんですか？」

「はい、勇気を出して何度か……。でも、理解してはもらえませんでした」

セックスも、スローな抽送で優しくされているうちは気持ちいいのだが、それでは夫の方が不満らしく、次第にピストンは激しくなり、紗雪は苦しくなるのだそうだ。

夫としては、自分なりに努力しているつもりだったらしい。それでも紗雪が、まるで拷問でも受けているように苦しみ続けるので、そのうち彼は妻を求めなくなり、夫婦仲は冷えてしまったという。

セックスレスは二年近く続き、そしてつい先日、紗雪は、夫が浮気をしていることに気づいてしまった。夜、紗雪が眠りについた後、夫はたびたび、浮気相手の女とこっそりビデオ通話で語り合っていたのだ。たまたま尿意で目を覚ました紗雪は、夫が真っ暗なリビングで、その女とおしゃべりをしている瞬間に出くわしてしまったのである。

甘く、淫らで、赤裸々な二人の会話をはっきりと聞いてしまった。まさに現行犯で現場を押さえられた夫は、素直に浮気を認めたのだった。

だが夫は、悪びれるどころかむしろ堂々と開き直り、自分が浮気をした原因は、紗雪とのセックスの不満のせいで、だからお前が悪いと、逆に非難してきたのだ。

そして夫は二日前に会社へ行ったきり、帰ってこなくなった。夫からメールが来て、自分の部屋の机の引き出しに、離婚届の用紙が入っているから、それに名前を書いておいてくれ、書いてくれたら取りに行く——と。

そこまで話を聞いた櫻子は、自分が弁護士であることを紗雪に伝えたうえで、こう言った。「セックスレスは正当な離婚理由になり得ますが、吉高さん自身は、夫婦の営みを拒絶していたわけではないのですよね？　だとすると、旦那さんの不貞行為に酌量することはできないと思います」

つまり、紗雪に非は認められないということだ。

離婚する意思はありますか？　と、櫻子が紗雪に尋ねる。

紗雪は悲しそうに首を振った。今はまだ考えられないそうだ。

櫻子は頷き、すっくと立ち上がる。「とりあえず、ご飯にしましょう」

紗雪の話を聞いているうちに、いつしか時刻は午後二時を過ぎていた。アルバイトのハードワークですっかり空腹なのに、まだ昼食を食べていない。そのことを思い出した途端、充のお腹がグゥゥと鳴り響く。

櫻子だけでなく、紗雪もちょっとだけ笑ってくれて、重苦しい空気が少し軽くなった。櫻子は出来合いのミートソースを使って、三人分のパスタを作ってくれた。

「すみません。私の分まで作っていただいて……」と、紗雪はいたく恐縮する。

ただ、紗雪もやはり空腹だったらしい。夫が帰ってこなくなってから、食事をする気力もほとんどなくなっていたというが、しかし、充たちに話を聞いてもらって心が少し落ち着いたのか、櫻子の作ったパスタを、彼女は美味しそうに食べた。

遅めの昼食を終えて、充と櫻子は一息つく。

が、紗雪の様子が、なにやらおかしい。心配した充が、「どうかしましたか？」と尋ねると、彼女は額に手を当て、悩ましげに呟いた。

「ああ……すみません、なんだか頭がボーッとして……凄く眠くて……」

なんでも紗雪は、この二日間、睡眠もほとんど取っていなかったそうだ。彼女は立ち上がろうとして、ふらふらと椅子の背もたれにすがりつく。

充は、紗雪が倒れないように支えようとするが、しかし彼女の身体に触れる勇気がなくて、中途半端に手を伸ばした格好で言った。「あ、あの……そんなに眠たいなら、少し横になったらどうですか？　そこのソファーででも」

「いえ……お気持ちはありがたいですけど、さすがにそんなご迷惑は……」

いきなりお邪魔した家で昼食をご馳走になって、しかも昼寝をさせてもらう——それは確かに、普通に考えたらなかなか図々しい行為だ。いかにも神経が細そうな紗雪には難しいことだろう。

「す……すみません、今日はもう、失礼いたします……」

当初の紗雪の目的は、充と櫻子のセックスの仕方を聞くことだったはずだが、そんなことができる状態ではなくなってしまったようだ。悩みを聞いてもらったことと昼食の礼を述べて、彼女は充の家を辞しようとする。

すると、櫻子が紗雪を止めた。「吉高さん、帰りは電車ですか？　どちらにしても、そんな状態で外を歩くのは危ないですよ。吉高さんが事故にでも遭ったら、見過ごしてしまった私たちも責任を感じてしまいます」

「そんな……いいえ、お二人のせいでは……」

そこに、櫻子さんの言うとおりですよと、充も加わる。

紗雪は、なかなか人にノーと言えない性格なのだろう。充と櫻子が二人がかりで説得すれば、ほどなく彼女も、ここで少し休んでいくことを承知した。

すみませんと何度も謝りながら、リビングダイニングのソファーに横になる。

充は、両親の寝室へ、薄手の毛布を取りに行った。戻ってくると、なんと紗雪はもう、か細い寝息を立てていた。

きちんと脚を揃え、両手を腹部にそっと重ねた彼女の寝姿はとても綺麗で、充は思わず見入ってしまう。

（まるで、あれだ……白雪姫みたいだ）

と、櫻子が充の脇腹をつついてきた。人差し指で、ちょっと強めに。

「私、今日はもう帰るけれど、眠っている女性に悪戯しちゃ駄目よ？」

言われるまでもなく、離婚の危機に直面して、悩み、苦しんでいる彼女に対し、不《ふ》埒《らち》なことをする気にはならなかった。

充はその後、二階の自分の部屋で静かに過ごした。ただ、やっぱり気になって、何度かリビングダイニングへ様子を見に行き、彼女の瞳の、つややかな濃いまつげや、微かに上下する胸元をチラリと眺めては、また忍び足で退散した。

夕方になっても紗雪が目を覚ますことはなかったが、充は彼女に帰ってほしくなくて、あえて起こさないでいた。

外がすっかり暗くなって、しばらくした頃に晶が仕事から帰ってきた。

充は玄関で晶を呼び止め、紗雪の事情をざっと説明した。夫婦の問題で悩んでいて、充と櫻子に相談しに来たのだと。

「え、同じコンビニで働いてるってだけで、充に夫婦の悩みを相談しに来たの？」

「それは、まあ……いろいろありまして」

と、充たちの話し声で、ようやく紗雪が目を覚ます。リビングダイニングから出てきた彼女に、充は晶を紹介した。

「この方が、あの、神木さんの小学校のときのお友達のお母様……？　は、初めまして、吉高と申します」

充と同年輩の子がいる母親にしてはずいぶん若い――とでも思ったのか、紗雪は少し戸惑った様子で、晶に深くお辞儀をした。

「はい、どうもぉ。吉高、なにさん？　何歳？」

「え……えっと、吉高、紗雪です。に、二十九歳です」

「ふうん、じゃあ、あたしの方が年上だし、紗雪ちゃんでいいわよね？」

「は、はぁ……よろしくお願いします」

「こちらこそぉ」晶はにんまりと微笑む。「そっかぁ、お客さんが来てるなら、もっといっぱい買うべきだったわねぇ。充ったら、電話でもメールでも、教えてくれれば良かったのに」

晶は、右手に持っていたレジ袋を差し出した。中には六缶パックの缶ビールとおつまみ類が、雑多に詰め込まれていた。晶は明日、仕事が休みの日で、今夜は存分に飲む気らしい。

「充はまだ未成年だからとか言って、全然付き合ってくれないのよ。足りなくなったら充に買ってきてもらうから、紗雪ちゃん、遠慮なく飲んでちょうだい」

「い、いえ、私、お酒はあまり強くなくて……というか、もう帰ろうかと……」

「ああ、もしかして、おうちで子供が待っているの？」

紗雪は少しうつむいて、首を振った。「いいえ、子供はいません……」

「あら、だったらいいじゃない。せっかくだから晩ご飯食べていきなさいよ。今夜は餃子よ。紗雪ちゃん、ニンニクは大丈夫？」

「大丈夫ですけど……いえ、本当に……」

しかし、紗雪はやはり押しに弱く、晶の強引な誘いを断ることなどできなかった。

結局、夕食も食べていくことになる。

（やった、晶さん、ありがとう）

充は、今日ばかりは、晶の図々しさに感謝した。

こうして、餃子パーティーの夜となる。紗雪もビールを少し飲んで、ほろ酔い状態となり、ときおり夫婦の危機のことなど忘れたみたいに楽しげに笑った。

それは充の初めて見る表情だった。普段の、憂いを帯びた表情も綺麗だが、口元を手で押さえて上品に笑う彼女は、それはそれでやっぱり魅力的だった。

が、大皿に山盛りだった餃子がなくなった頃、紗雪は、何気ない様子でリビングダイニングの壁掛け時計を見て、途端にギョッと目を見開き、色を失う。

もう、夜の九時を大きく過ぎていた。

「あ、ああっ……すみません、こんな時間まで……！」

あたふたと席を立ち、今度こそ帰ろうとする。

すると晶が、スルメの脚を唇の端に咥えたまま言った。

「泊まっていったらいいじゃない。詳しくは聞いてないけど、紗雪ちゃん、旦那と喧嘩中かなにかなんでしょう？　一晩くらいほっといて、反省させたら？」

「ちょ、ちょっと、晶さん……！」

夫婦の事情を知らなかったとはいえ、晶の今の言葉は、紗雪の心の傷をほじくり返すものだった。

案の定、紗雪は凍りついてしまう。さっきまで楽しそうだったのが嘘みたいに、いつもの、いや、いつも以上の物悲しい表情となって、力なく視線を落とす。

暖房の効いていた部屋が、急に五度くらい冷えてしまったような——そんな感覚に充は襲われた。晶が充に向かって、あたし、なんかまずいこと言っちゃった？　という顔をした。

しばし沈黙が続く。

いくら紗雪が流されやすい性格だとしても、さすがにこれは遠慮するだろうと、充は思った。

が、やがて顔を上げた彼女は、意外にも、断らなかった。

「い……いいんですか、神木さん……？」

あるいは彼女は、夫が戻ってこない一人っきりの家に帰るのが嫌だったのかもしれない。

もちろん充に異存はなかった。思いがけず、紗雪が一晩泊まっていくこととなって、充はあまりの興奮になにも考えられなくなってしまう。

これぞまさに青天《せいてん》の霹靂《へきれき》。だが、しばらくして我に返るや、あたふたと彼女を泊めるための準備に動きだしたのだった。

そしてその夜、充の憧れていたことが現実となる——。

3

充は、紗雪に一番風呂を勧めたが、

「神木さんは、明日も朝からシフトが入っていますよね？　どうぞ、お先に」と、丁寧に辞退される。

確かに充は、明日もコンビニのアルバイトがあるので、早朝に起きなければならない。それで結局、充が一番に風呂を済ませることとなった。風呂から上がったら、湯冷めしないようにすぐに自室のベッドへ潜り込む。

晶は、「あたしはもう少し飲みたいし、しまい湯でいいわ」と言っていたので、

（今頃は、うちの風呂に、吉高さんが入っているのかな……）

なんだか妙にドキドキして、とても眠れそうになかった。

今日は紗雪が来たので、昼間に櫻子と淫らなドライブもしていない。いつもなら、仕事から帰ってきたばかりの晶に、いきなり押し倒されることもあったが、やはりそれもなかった。

今日はまだ一度も射精していないと思うと、途端に股間がムズムズしてくる。

頭の中に、ソファーに横たわる紗雪の寝姿が蘇ってきた。あのときの彼女は、ただ寝ているだけなのに、なんとも言えず艶めかしく思えた。充はたまらなくなり、どうせ眠れないならオナニーでもしてしまおうかと考える。

と、不意に部屋のドアがノックされた。

「……神木さん、まだ起きていますか？」

紗雪の声だ。股間に手を伸ばしかけていた充は、心臓が口から飛び出そうになりながら跳ね起きる。「は、はい、起きてますっ」

リモコンで部屋の灯りをつけると、気色ばんでいた陰茎を太腿の間に挟み込み、ベッドに正座して、「ど、どうぞ」と声をかけた。

そっとドアが開き、紗雪が中に入ってくる。

湯上がりの紗雪は、パジャマ姿だった。

充が貸してあげたパジャマである。充自身も、男としてはそれほど立派な体格ではないが、華奢な紗雪にはやはり少々ブカブカだった。

だが、それがいい。まるで彼氏のパジャマを借りているみたいな趣《おもむき》があって、実に男心をくすぐった。加速する心臓の鼓動の音を耳鳴りのように聞きながら、

「な、なんでしょう……？」と、充は尋ねた。

紗雪はベッドに近づいてきて、充の前に立つ。

うつむいて、モジモジして、やっと彼女はこう言った。

「あの……私、蝶野さんから聞いたんです」

「……なにをですか？」

おどおどした瞳がチラリと充を見た。彼女の頬が桜色に染まっているのは、湯上がりであることだけが理由ではなかった。

「いろいろと……神木さんの、その……セ、セックスの仕方を……」

なんでも紗雪は、充が風呂に入っている間に、晶から充のセックスの話を聞いていたという。

「童貞を卒業したばかりにしてはかなり上手だって、蝶野さん、褒めていました。神木さんは、蝶野さんともセックスしているんですね」

「す、すみません……」

充の胸をときめかせていた高揚感は一瞬で消え去り、代わりに、ばつの悪い恥ずかしさで全身が熱くなった。

「あ、いえ、別に神木さんを非難しているわけじゃないんです。すみません……」

と、紗雪の方も謝ってきた。

そして、左右に目を泳がせながら、微かに震える声でこう続ける。

「そうじゃなくて、あの……良かったら、私も抱いてくれませんか……？」

「えっ……!?」

耳を疑う一言に、充が紗雪の顔を見つめると、その視線から逃れるように目を逸《そ》らしつつ、彼女はさらにこう言った。

「神木さんにしてもらって、それで感じなかったら、やっぱり夫の言うとおり、私の身体に問題があるのだと思うんです。それを確かめるために……お願いします」

人妻の彼女が、自分を抱いてくださいと、深々と頭を下げてきた。

なんだこれはと、充は激しく戸惑う。が、それと同時に、身体を駆け巡る血が再び欲情の熱を帯びてくる。

憧れの女性が、自分とのセックスを望んでいるのだ。これを断るなんてとんでもない。

「ほ、ほんとに僕でいいんですか……？」

紗雪はこくっと頷く。そして、自らパジャマのボタンを外しだした。やはり充の視線が恥ずかしいのか、背中を向けてパジャマの上下を脱いでいった。

透き通るような白い背中が露わとなる。ブラジャーはつけていない。そして、形の良い女尻も剝き出しになった。彼女はなんとパンティも穿いていなかった。

首をひねってわずかに振り向き、紗雪は言い訳をするように呟く。

「晶さんがショーツを貸してくださったんですけど、やっぱり私にはサイズが合わなくて……」

そうだろう。櫻子には及ばないが、晶もなかなかに豊満な桃尻だ。あれを包み込んでいるパンティが、華奢な紗雪にフィットするとは思えない。そもそも、ウエストのサイズが大きく違うだろう。

思っていたとおり、紗雪の身体はほっそりとしていた。

晶や櫻子の肉厚な身体を毎日見ているせいか、全裸となった紗雪の後ろ姿はなんとも儚く、どこか頼りなく感じられてしまう。腰のくびれなどは、少し力を入れて抱き締めたら呆気《あっけ》なく折れてしまいそうな、繊細な曲線を描いていた。

だが、それがまた男の保護欲を煽った。それに細いといっても、三十歳直前の女の身体。尻や太腿は、艶めかしい熟れ肉を上品にまとっていて、男の目を充分に愉しませてくれる。

充が女尻のカーブに見とれていると、それに気づいた紗雪がさらに頰を赤らめ、

「そ、そんなに見ないでください……」と、切なげに呟いた。

女体が小刻みに震え、尻肉もプルプルと波打つ。それは羞恥心のせいだけではなく、真冬の夜の寒さによるものだろう。すぐに充はエアコンのリモコンを操作し、暖房をオンにした。そして、

「吉高さん、こっちを向いてください」

「は、はい……あぁ」

紗雪は悩ましげに呻いてから、

「あ、あの……私の胸、ちょっと変だと思いますけど、驚かないでくださいね……」

「え……？　は、はぁ」

充が頷くと、紗雪はおずおずと身体の正面を晒した。

一応、覚悟はしているようで、胸や股間の恥部を手で隠したりはしなかった。充はまず、彼女の乳房の美しさに目を見張った。

（吉高さんのオッパイ、結構大きいんだ。痩せてるから、なおさらそう見えるのかも）

アルバイト中の制服姿でも、胸元の女らしい膨らみは充分に見て取れたが、ここまでのボリュームとは少々意外である。さすがに巨乳と呼ぶほどではなかったが、それでも櫻子のEカップに迫るサイズだった。

(ううん、この感じだと、Dカップくらいか？)

形も整っていて、まさにお椀《わん》をひっくり返したような綺麗な肉房である。白い乳肌には、うっすらと細かな血管が透けており、それがまた妙に色っぽかった。

ただ、その乳房の中で、最も充の目を引いたのは――肉丘の頂点に息づく、深い桃色の突起である。

それは、晶のような爆乳についていてもおかしくない、場違いなほどの大きさの肉突起だった。おそらくまだ充血していないはずなのに、すでに人差し指の先よりも大きい。その土台である乳輪も、ふっくらと盛り上がっていた。

尋ねていいものだろうかと悩んだものの、結局充は、おずおずと彼女に尋ねた。

「胸が変というのは、その……乳首のことでしょうか？」

「はい……。こんなに大きいなんて、おかしいですよね……？」

紗雪は恥じらいながら語る。その乳首は、元々は普通の大きさだったそうだ。

それがなぜ、こうなってしまったのか？　かつて夫婦の営みがまだあった頃、乳首をつままれるだけで痛みを訴える紗雪に対し、夫は、「こうすれば感度が上がるはずだ」と、道具を用いた乳首の吸引を行ったのだとか。

それはニップルサッカーというものだそうで、太い試験管のようなカップを乳首に被《かぶ》せ、中の空気を吸い出す——という器具だったらしい。乳首だけでなく乳輪まで強烈に引っ張られ、ここまで膨らんでしまったのだそうだ。

「そんな道具で無理矢理に吸引したら、かなり痛かったんじゃないですか？」

「……はい、物凄く痛かったです」

紗雪は数か月にわたって、涙がこぼれるほどの激痛に苦しみ続けたという。

が、結局、性感帯としての感度はなにも変わらず、ただ乳首と乳輪がこのように肥大しただけだった。

（そんな思いまでしたのに、旦那は浮気をして出ていっちゃったのか……）

なんて可哀想な人だと、充は気の毒に思わずにはいられなかった。

しかし、そのアンバランスに大きな乳首を見ていると、ムラムラと牡の劣情が高まってくるのも、否定しようのない事実だった。色白で仄かな肉づきの、品の良い色気をまとった女体だからこそ、その乳首の卑猥さが余計に目立っている。

充はゴクッと生唾を飲み込むと、彼女をベッドへ誘った。

二人で正座をして向かい合う。「あの……それじゃあ、触ってもいいですか？」と充が確認すると、紗雪は真っ赤な顔で頷いた。

ただ、視線を交わしたまま触られるのはとても恥ずかしいという。そこで充は、彼女の背中側に移動する。

そして後ろから、彼女の胸元に両手を回した。

「どうですか？　これなら目が合わないから……」

「は、はい。前から触られるより、なんだかちょっと安心できます」

心なしか彼女の肩からも、強張《こわば》りが少し抜けたように見えた。充も安堵し、今度こそ双乳の膨らみに掌を重ねた。

痛みに敏感だということなので、とにかく優しく、少しだけ指に力を入れる。

すると、モチモチした心地良い弾力が指先に伝わってきた。おお——と感動し、充はさらに揉んでみる。実に揉み応えのある肉房だった。巨乳ではない代わりに乳肉の密度が濃いのか、晶や櫻子の乳房よりも強い力で指が弾き返された。

「いいオッパイですね……。あ、こんな感じで、痛くないですか？」

「はい、それくらいなら大丈夫です……ああん」

大きな肉の蕾に、軽く指が当たってしまい、紗雪はピクッと柔肌を震わせる。

ただ、今のは痛みを訴える声ではなかった。充は思い切って、指先でそっと乳首に触れてみた。ほんのわずかに接触する程度のフェザータッチで、さすってみたり、つついてみたり。

紗雪は徐々に吐息を乱し、ときおり喉の奥から切なげな声を漏らした。

「……大丈夫ですか？　こんな触り方で、焦れったくないですか？」

「いえ……とっても気持ちいいです……あ、あぁ……くうぅん」

このような愛撫を、もし晶にしたら、すぐさま「ちょっとぉ、もっとしっかりやって！」と怒られそうだが、紗雪にはこれくらいがちょうどいいようである。

その証拠とばかりに、指先に伝わる肉突起の感触は、着実に硬くなっていった。

紗雪は悩ましげに身をくねらせた。ボブヘアの後ろ髪が揺れるたび、シャンプーのいい香りが充の鼻先に漂ってくる。

（我が家のシャンプーの香りだけど、そこに吉高さんの匂いも混ざっている）

絶妙にブレンドされた、風呂上がりの女の甘く官能的なアロマ。充は鼻息を荒らげないように気をつけながら、胸一杯にそれを吸い込んでうっとりする。

と、嗅覚に気を取られたせいで、晶や櫻子に愛撫しているときの癖がつい出てしまった。気づいたときには、紗雪の敏感な乳首を、二本の指でキュッとつまんでいた。

ほっそりとした撫で肩が跳ね上がり、彼女は「あううっ」と呻く。

喉の奥から搾り出されたそのかすれ声は、苦痛の音色のみで、先ほどまでの艶めかしさは含まれていなかった。

「あ、す、すみませんっ」

充はすぐに我に返った。「ごめんなさい。痛かったですか……？」

「え、ええ……ちょっと……」と、紗雪は遠慮がちに答える。

やってしまったと、落ち込む充。

しかし彼女は、気を悪くした様子もなく、ただこう尋ねてきた。「蝶野さんや宝生さんには、今みたいな感じで、乳首をつまんだりするんですか？」

「え……？　は、はい、そうです」

「そうですか……」と、彼女は言った。そして消え入りそうな声で呟く。

「じゃあやっぱり、私の身体が普通じゃないのかもしれないです……」

先ほどの充は、それほど強くつまんだつもりはなかった。が、それでも紗雪の乳首には、刺すような痛みが一瞬走ったそうだ。

「乳首だけじゃなくて、他のところも……なんです。だから夫に愛撫されると、とても痛くて、気持ち良くなるどころじゃなくなるんです」

しかし苦悶する紗雪を見ても、夫は怪訝《けげん》な顔をするばかり。

紗雪が勇気を振《ふ》り絞《しぼ》り、「もう少し優しくしてくれたら嬉しいです」とお願いしたところで、「別に乱暴になんかしていない。これくらいで普通だ」と、まったく取り合ってくれなかったという。

なんて自分勝手な人だろうと、充は心の中で紗雪の夫を非難したが、自分も同じようなことをしてしまったのだから偉そうなことは言えない。

償《つぐな》いの気持ちを込めた指使いで、紗雪の乳首をいたわった。痛いの痛いの飛んでいけとばかりに撫でさすり、膨らんだ乳輪も指先でそっとなぞっていく。

「ああん、気持ちいいです……。こんなに優しい前戯をしてもらうのは初めてで……は、はうぅ、くすぐったい……！」

乳首へ愛撫しながら、充は紗雪の背中をペロッと舐めた。

風呂上がりの背中は、これといってなんの味もしない。ただ、石鹸の匂いと混ざり合った女体の甘い香りが、鼻腔を心地良く満たしてくれる。

背中の筋を舌先でなぞると、ますます紗雪は悩ましげに身をよじった。

いつしか乳首の感触はコリコリになっていて、充が彼女の肩越しに覗き込むと、勃起したピンクの突起は、今や親指の先ほどに膨張し、強い存在感を放っていた。

「やっ……は、ひいっ……せ、背中がくすぐったいと、なんだか乳首がよけいに感じちゃうみたいです……あぁん、あ、あっ」

彼女の腰が忙しく左右にくねり、ほっそりとした太腿はモジモジと擦り合わされる。

（ちゃんと感じてくれてるみたいだ。そろそろアソコが我慢できなくなってきた？）

充は、紗雪の耳元に口を寄せて囁いた。

「それじゃあ、仰向けになって、脚を広げてください」

「んっ……ああぁ……は、はい、わかりました……」

充の言葉で耳の穴までくすぐられたみたいに、紗雪は声を震わせた。

彼女が充の言うとおりにしている間、まだパジャマを着ていた充は、手早く上下を脱ぎ捨ててボクサーパンツ一枚となる。大きく張り詰めた部分の頂点には、カウパー腺液の恥ずかしい染みがくっきりと浮き出ていた。

一方の紗雪は、ベッドに仰向けになると、揃えた両膝を立てる。

「あ……あまり見ないでくださいね……？」

か細い声でそう言い、すらりとしたコンパスをおずおずとMの形に開いていった。

しかし、見ないでと言われても、牡の好奇心は止められない。充は四つん這いになって、グイグイと彼女の股ぐらに潜り込む。

恥丘を飾る縮れ毛の量は少なかった。そして大陰唇は薄く、割れ目は浅い。

甘酸っぱい匂いに誘われて顔を寄せれば、秘唇の内側はしっかりと潤っていた。

「見ないでくださいって言ったのに……あぁ、そんな近くから……」

充の鼻息すら充分な刺激となるのか、紗雪はヒクヒクッと腰を震わせ、恨めしげな声を漏らす。しかし、充は聞こえないふりをして観察を続けた。

（こっちも大きいんだ……）

夫婦の営みが少なかったことを示すように、紗雪の花弁は初々しい。皺もよじれもほとんどなく、色も淡いサーモンピンクだ。こぢんまりとして、割れ目の中に綺麗に収まっている。

では、なにが大きいかというと——

「紗雪さん……クリトリスも大きいんですね」

花弁の付け根にある包皮は、ぷっくりと膨らんでいた。明らかに、中に大粒のものが存在している。まるで**さや**が弾けんばかりに育った枝豆の如く。

紗雪は声を絞り出して答えた。「は……はい……」

乳首同様、これも彼女の夫の仕業だという。

夫としてはもっと大きくしたかったらしい。ネットで「大きなクリトリス」で画像検索すると出てくる、グロテスクなほどのサイズに。

そうすればきっと感じるようになると、彼は本気で信じていたようだ。

しかしクリトリスは、乳首よりも遙かに敏感な部位である。そこを吸引されることは、紗雪にとって地獄のような激痛を伴った。さすがに紗雪は我慢できなくなり、もうやめてくださいと泣きながら懇願したそうだ。

なんとも胸が痛い話である。充は、その膨らみに指先をそっと当てて、

「こんなに大きいと……下着に擦れちゃいませんか？」と尋ねた。

「あぅんっ……そ、そこまでは大きくないです」

羞恥に眉をひそめながら、紗雪は答えた。確かに包皮の盛り上がりは、浅い割れ目の中にギリギリで収まっていた。

「でも……今は通常サイズなんですよね。これが勃起して大きくなったら、大陰唇より外にはみ出しちゃうんじゃないですか？」

「ああ、いやぁ、そんなこと……し、知りません」

紗雪は、赤く火照《ほて》った美貌を両手で覆った。M字の美脚も閉じようとするが、股ぐらの前に陣取った充がそれを許さなかった。

(ううん、なんかゾクゾクする)

恥じらう紗雪の様子に、充は劣情の高ぶりを禁じ得なくなる。なぜだろう。彼女の嫌がることなんて全然したくないのに、どういうわけか悪戯心が湧き上がり、もっと意地悪なことを言いたくなるのだった。

「自分でアソコを見たことはないんですか？　オナニーしたときとか、どれくらい大きくなってるか、鏡に映してみたりしたことは？」

「そ、そんなこと、私、しません。そもそもオナニーなんて……」

なんと彼女は、これまでオナニーをしたことがないという。

処女を捧げたのは今の夫で、そして彼とのセックスは苦痛を覚えるだけ。つまり、一度もオルガスムスの経験がないそうだ。

（僕なんか、中学生になってすぐにオナニーを覚えて射精もしたのに）

よほど禁欲的な性教育を受けたのだろうか？　充は彼女に同情し、初めての絶頂を経験させてあげたくなった。

包皮にあてがった指先をゆっくりと動かす。乳首のとき以上に慎重に、円を描くように優しく撫で回す。

「ひゃあ……あっ……ううぅ」

「痛いですか？」

「ま、まだ、大丈夫です……うぅ、んんっ」

夫にクリトリスを弄《もてあそ》ばれたことがトラウマなのか、充の指が触れている間、紗雪の身体は硬く強張り続けた。

だが、充が辛抱強くフェザータッチでさすり続けると、次第に彼女の緊張が解けていくのがわかった。内腿に走っていた筋が薄くなり、彼女の呼吸も少しずつ落ち着いていく。

「ああ、こんなの初めて……神木さんの指が触れているところが、なんだか、熱くなってきたみたいです……」

紗雪がそう言っている間にも、包皮の膨らみは大きくなっていった。

コリッとした感触が、充の指に伝わってくる。と、その直後、中身の膨張によって包皮が剝けて、ピンクの肉粒がツルンと勢いよく飛び出した。

「ヒイッ……な、なんだかスースーします。神木さん、なにを……!?」

「大丈夫、クリトリスの皮が剝けただけです」

充は舌先を伸ばし、よく実った枝豆の二倍くらいありそうなそれを、チロチロと舐めてあげる。

「はううっ……！　くっ……ア、アヒッ」

紗雪は最初、肢体を強張らせ、息が詰まったような奇声を上げていた。

しかし今回も、先ほどの指先でのソフトタッチと同じである。丁寧に、慎重に、完全露出したクリトリスを舌先でいたわり続ければ、柔らかな粘膜の感触に慣れてきたのか、紗雪の反応は確実に変わっていった。

「あ、あん、この感じ……くすぐったくてピリピリするような感じが、だんだん嫌じゃなくなってきました……はぁん、ふうぅ……き、気持ちいいです」

ガチガチに強張っていた女体から力が抜けていく。

充はいったん舌を引っ込め、改めてクリトリスの様子を眺めた。それは真珠の如く、つやつやと輝くほどに張り詰めていて、そして男性器のように、ときおりピクッピクッと脈打った。

割れ目に溜まった女蜜の量も、明らかに増えていた。彼女が、ちゃんと愛撫に反応し、性的に感じることができる身体なのは間違いなかった。

「旦那さんは、こういうことはしてくれなかったんですか？」

「夫は、はい……最初の頃はしてくれました。けど……」

彼のクンニはやはり荒々しく、剝き出しにしたクリトリスを舌で弾きまくり、頬が凹むほどに吸引した。もちろん紗雪は痛みを感じるだけで、膣内が愛液で潤うことなどなかった。気を悪くした夫は、ほとんど前戯をしなくなり、ローションを使って挿入するようになったそうだ。

（きっと吉高さんは、身体中、どこもかしこも、人並み外れて敏感なんだろう）

だが乳首もクリトリスも、性感帯としては未開発。だから刺激を受けると、快感よりも痛みが勝ってしまうのだ。それは幼年男子の剝きたてのペニスの如く。

そういうことなら、少しずつ刺激に慣らしてあげればいい。

充は、晶から教わったクンニの技を、ソフトにして施す。肥大したクリトリスに舌の表面を当て、ゆっくりと首を左右に振った。コリッとしたものが舌に当たる感触がなんとも心地良い。

「あうっ、そ、それ、凄いです……！」紗雪は仰け反り、背中がベッドから少し浮いた。「あ、あっ、なんだか私、変になっちゃいます」

「イッちゃいそうですか？」

「わ、わかりません……あ、あぁん、でも、ジンジンと腰が痺れて、手や、足まで……気持ちいいけど、自分がどうにかなってしまいそうで、少し怖いです……！」

アクメ未体験の紗雪は、込み上げてくる感覚に戸惑っているようだった。

依然として充の舌戯は、実に控えめなものだったが、このまま続ければ彼女を絶頂へ導けそうな気がする。女体の発する気配が、それを予感させた。

「はひぃ……ん、んほおぉ……いやぁ、変な声が出ちゃいます……う、うむむっ」

はしたない声が出るのが嫌らしく、紗雪は両手で口を塞ぐ。

だが男としては、自分のクンニで女が乱れ、あられもない声を上げてくれれば本望である。淫らな声でどんどん喘いでくれて構わない。

そう伝えようかと思いつつ、しかし充は、黙々と舌愛撫を続行した。

快楽に囚われた自分に抗おうと、懸命に耐えている紗雪。そんな彼女の様子に、充は嗜虐的《しぎゃくてき》な劣情を高ぶらせてしまうのだった。

（いつまで我慢できるかな）

首を振って舌粘膜を擦りつけながら、彼女の太腿の裏側に指を這わせた。熊手の如き手つきで、ススス、ススス……と指先を滑らせてやる。

「ひぃんっ、く、くすぐったいです……お、おほうぅ……待ってください、その手はやめて、やめっ、あぁぁん、ダメぇ、んひぃいぃ……！」

ビクッ、ビクビクッと、紗雪の身体がなおさらに痙攣する。

おっ？　と、充は思った。それは女体が昇り詰める予兆のようだった。

そして紗雪は、獣の如き唸り声と共に全身を打ち震わせる。

「おぅうっ……んぐっ……んんんッ……!!」

充は彼女の股ぐらから顔を離し、口の周りの愛液のベトベトを拭《ぬぐ》いながら、女体の狂おしげな反応が治まるのを待った。

充の部屋に、荒々しい吐息の音だけが聞こえる。その音がだんだんと小さくなり、彼女の四肢からも緊張が解けていく。充は尋ねた。

「……イッちゃいましたか?」

紗雪はかすれた声で、「わかりません……」と呟いた。初めての感覚だったので、これがオルガスムスなのか、自分でも判別できないのだそうだ。

ならばと、充は再び四つん這いになり、汁ダクの女陰にクンニを続行する。仄かに甘酸っぱい彼女のジュースを残らず舐め取って、それから桃色真珠に舌を当てた。紗雪が悲鳴を上げる。

「あ、あ、待って、せめてもう少し休ませてくださいっ……く、く、ううウンッ」

しかし充は首を横に振った。ヌルヌルの舌粘膜でクリトリスを磨《みが》いていく。

「あぐっ、ああっ……ダ、ダメです、ううぅ、はひぃぃ」

「んっ……痛いですか?」

「いっ、痛くはないです、けど……さっきよりも、その、なんだか凄くって……ウ、ウウウッ!」

痛みがないというなら、充にやめる気はなかった。すると紗雪は首振りを妨害するように、太腿で充の顔を挟みつけてきた。か弱い彼女にしてはなかなかの力がこもっていて、顔が左右に動かせなくなる。

しかし、そんなことで充は止められない。細身《ほそみ》の太腿ならではの弾力を左右の頬で愉しみながら、充は舌の動きだけで張り詰めた肉玉を愛撫した。一定のリズムでツンツンと優しくつついてみたり、付け根を舌先でなぞってみたりする。

「あう、あう……あぁぁ、こんなの気持ち良すぎです……うぅ、うひっ」

さらには膣穴に中指を差し込み、ほぐすようにゆっくりと出し入れした。彼女の中はもうグチョグチョに蕩けていて、指が火傷しそうなほどの熱を帯びていた。

ほどなく紗雪は、再び断末魔の声を上げる。

「アアーッ、また変になっちゃいます！　す、凄いのが……クウウーッ!!」

女体は大きく仰け反り、なにかに取り憑《つ》かれたかの如くガクンガクンと揺れた。ひときわ強い力で太腿が充の顔を挟み、膣口はギュギューッと中指に食いついてくる。

(これは、間違いなくイッたよな……？)

充が舌を引っ込め、指も抜き取ると、やがて紗雪の太腿の万力も緩んでいった。

そのまま両脚が左右に倒れる。ゼエゼエと喘ぎ、あられもなく大股を広げたまま ぐったりする紗雪。

呆けたような虚ろな瞳が、男心を妙にくすぐった。充のペニスは鈴口から多量のよだれを溢れさせ、パンツの中でしきりに武者震いを続けていた。

4

「吉高さん、今、イッたんじゃないですか?」

「た……多分……そうだと思います……」

想像を遙かに超えた快美感だったそうだ。今は多少落ち着いたが、熱く、心地良い感覚は、未だ身体中に、手足の先にまで残っているという。

彼女に初めてのアクメを教えることができた——充は男として、なんとも誇らしい気分になった。

紗雪の肉溝は、先ほど充が綺麗に舐め取ったのに、新たな蜜をたたえて今にも溢れそうである。可憐な花弁も充血して、ぽってりと膨らんでいた。

充は、最後の一枚だったボクサーパンツを脱いで、床に放り投げる。

ひっくり返った蛙のようにだらしなく広げられた、紗雪の股ぐら。充はその間に膝をつき、フル勃起の根元を握って挿入に挑んだ。

肉壺の口に鈴口をあてがう。ぐったりとした紗雪は全身の力が抜けていて、それが良かったのか、充が少しばかり腰に力を込めれば、さほど苦労することなく太マラは膣口を潜り抜ける。

それでも媚肉に刻まれた皺がツルツルになり、膣前庭の尿道口があからさまになるほど、女の入り口は大きく拡張されていた。夢見心地のように穏やかだった紗雪の美貌が、途端にしかめられる。

「アウゥ……神木さんのアソコ、信じられないくらい大きいです。さ、裂けちゃいそう……」

不安に駆られるように、紗雪は声を震わせた。

いきなり根元まで挿入するのはやめておこうと、充は思った。腰に体重を乗せて、少しずつ女体の奥へ掘り進んでいく。

「無茶はしないから大丈夫ですよ。ほら、もう三分の二ほど入りました」

「ま……まだ、三分の一も残っているんですか？」

紗雪の夫が精一杯に差し込んでも、これ以上の奥に進むことはできなかったという。

充のペニスは、彼女の夫の届かなかった深みへ、人妻の処女地へ向かおうとしているのだ。憧れの人と繋がることができた感動。それと同時に、男としての優越感に浸った。

さらに数センチ進んだところで、いったんペニスを止める。

(とりあえずは、この辺までにしておくか)

弛緩《しかん》していた膣肉が力を取り戻し、男根を締めつけるようになっていた。華奢な体つきに比例してか、紗雪の膣路はなかなかに狭い。

太マラを馴染ませるように、充はしばらく待った。それからゆっくりと腰を振り始め、ペニスの三分の二までを膣壺に出し入れさせる。深呼吸をしながら、息を吐いては差し込み、吸っては引き抜く。

スローな抽送では摩擦感は弱かったが、熱い蜜肉に包まれているだけでも、ペニスは仄かな心地良さを覚えた。

女体の腋の左右に手をつき、身を乗り出すような格好になって、充は彼女の顔を覗き込んだ。「どうです? 痛くないですか?」

紗雪は熱く湿った吐息を漏らし、そっと首を振った。

「いいえ、全然……。神木さんの、その、アレが、とっても太いので、最初はちょっと怖かったですけど……もう大丈夫みたいです。だいぶ慣れました」

声を上擦らせつつも、紗雪はうっとりとした眼差しで見つめてくる。

「あ、あん……痛くないセックスなんて、初めてです。まるで身体の内側を優しく撫でられているみたい……」

ただ、まだそれほどの性的快感ではなさそうだった。

（もうちょっと強くしても大丈夫か？）

充としても、こんなおとなしいピストンではとても射精まで漕ぎ着けそうにない。

根元まで挿入していないのも物足りなかった。

「痛かったり苦しかったりしたら、すぐに言ってくださいね」

彼女の様子を見ながら、ストロークを少しだけ速くしてみる。

「大丈夫ですか？」

「はい、もう少し速くても、多分……。あと、どうぞ、もっと奥まで来てください。あの、ア、アソコを根元まで入れた方が、男の人は気持ちいいのですよね？」

彼女がそう言うので、充はあくまで慎重に、さらに奥へと掘り進んでいった。

と、膣路の先がますます狭くなる。これまでより強い摩擦感が亀頭を包み込み、充はゾクリとした。そして鈴口が、最深部の肉壁に突き当たった。

（こ、これは……？）

どうやら紗雪の膣穴は、奥の行き止まりの三センチほどが極端に狭くなっているようだった。

　そのため、その部分に亀頭が嵌まると、ムチュッと吸いつかれているみたいにとても気持ちいいのである。

　充はたまらずに腰を震わせ、亀頭の拳で、膣底の肉をグリッと抉ってしまった。

「アッ、ウウッ」紗雪が歯を食い縛り、苦悶の声を上げる。充は慌てて腰を引き、「す、すみません」と謝った。

　また彼女を苦しくさせてしまった——反省しつつも充は、彼女の膣壺に心を奪われてしまう。今度はしっかりと心構えをしたうえで、再びペニスを押し進め、亀頭を、女体の深奥にそっと嵌め込んだ。

「おおぉ……う、ううっ……！」

　鳥肌が立つようなその感触に、思わず呻いてしまう。

　充はその後も、控えめなピストンに務めた。しかし、それでも充分に気持ちいい。狭くなった膣路の奥が、チュポッ、チュポッと、亀頭に吸いついてくるのだ。まるで一番奥に小さな口があって、そこに亀頭を潜り込ませるたび、おちょぼ口でいやらしくしゃぶりつかれているみたいな感触だった。

「くうっ……よ、吉高さんのオマ×コ、凄いですっ」

「はぁん、あぁ……いやぁ」卑猥な四文字に、紗雪は眉をひそめて恥じらう。「凄いって……私のアソコ、なにか変ですか……？」

「変じゃないです。めちゃくちゃ気持ちいいんですよ。これ、名器っていうんじゃないですか？」

しかし紗雪は、怪訝そうな顔で首を横に振った。

これまでに夫から、名器などと言われたことは一度もないという。そんな馬鹿なと、充は思った。だが、

（そうか、旦那さんのチ×ポは、奥まで届いていなかったんだっけ）

つまり彼のペニスでは、妻の膣穴に隠された秘密までたどり着けなかったのだ。

紗雪に過去の男性経験を尋ねてみたところ、彼女は女子校、女子大卒で、就職先で夫と知り合ったという。それまで一度もセックスの経験はなかったそうだ。

ということは、今までにこの名器に気づいた男は一人もいなかったということである。だから、紗雪自身も知らないままだったのだ。

（旦那さん、こんな凄いオマ×コに気づけなかったのか。ちょっと気の毒だな）

しかし、これも運命かもしれない。妻の素晴らしい嵌め心地を知らなかったからこそ、彼は浮気に走り、そして今、こうして充は彼女と繋がることができたのだから。

充は腰のストロークを短めにし、ペニスの先を膣路の奥で小刻みに抽送した。奥底の膣肉が、まるで吸盤の如く亀頭に吸いついてくる。腰を引き、膣肉をニュポッと引き剝がす瞬間、たまらない快感が走る。

(これは、凄いというか……ヤバイ)

敏感な女体を気遣った、なんともおとなしい抜き差しだったが、それでもじわじわと射精感が込み上げてきた。

と、不意に紗雪が、驚いたような声を上げる。

「あ、あぁ……!? くぅんっ」

充はハッとし、すぐに腰を止めた。「すみません、痛かったですか?」

名器の愉悦に夢中になって、つい力が入りすぎてしまったのかと思った。しかし、

「あ、いえ……平気です。痛いどころか、気持ちいいような気がしたんです。優しく突かれていると、痺れるみたいにジンジンしてきて……」

これまでは、極太の肉棒で膣口を擦られる感覚が最も心地良かったという。

しかし、膣底を亀頭で優しくノックされているうちに、新たな性感が湧き上がってきたそうだ。

「それって、ポルチオのことですか?」

「ポルチオ……？　い、いえ、わからないです……」と、紗雪は首を振る。

しかし、膣路の奥から快感が込み上げてくるのであれば、それはポルチオで感じているということではないだろうか。

そうだとすると――いくら女の最高の性感帯である部位とはいえ、今初めてピストンによる刺激を受けたばかりの処女地にしては、なかなかの反応である。

(そうか、身体が敏感だっていうのは、そういうことなんだ)

痛がりであるということは、感度が並外れて高いことの裏返しだったのだ。

女体が未開発ゆえ、普通の愛撫から性感を得ることが難しく、逆に痛みを覚えてしまうが、弱めの優しい刺激に対しては、すぐさまそれを快感だと受け止めることができるのである。

(実際、さっきはあんなソフトなクンニでも、あっさりイッちゃったもんな)

充は腰振りを再開し、子宮の入り口にあるポルチオ肉を、亀頭でノックしていった。

痛みにならないよう慎重に、トン、トン、トン……と。

「はぁあん、とっても……か……感じちゃいます」

紗雪は甘い吐息と共に媚声を漏らし、柳のようにしなやかな腰をヒクヒクと蠢かせる。「あぁ、あぁぁ……私、また、変になっちゃいそうです」

「イクんですか？」

「さっき、神木さんにアソコを舐めてもらったときのあれが……イクってことなんですよね？　はい、あのときみたいな感覚が……いいえ、もっと凄いものが込み上げてきそうです……あううんっ」

どうやらセックスによる初めての絶頂が、初めての中イキが、彼女に迫っているようだった。

ときおり白い喉を晒して仰け反っては、悩ましげに身をくねらせる紗雪。

仰向けになっても形良い膨らみを保ったままの美乳が、そのたびにタプタプと左右に揺れ動いた。

紗雪の乱れ具合が増していくと、それに合わせて充の射精感もさらに募っていく。

まるで性器の結合によって、身体の感覚まで繋がっているように思えてくる。

好きな人とセックスをするって、こういうことなのか――と、充は悟った。

高ぶる感情にまかせて、充は彼女にこう言った。

「吉高さんのこと、名前で呼んでもいいですか？　さ、紗雪さんって……」

紗雪は驚いたように目を丸くし、それからはにかむように眉根を寄せる。

しかし最後は、まんざらでもなさそうに微笑んだ。

「はい……ど、どうぞ」

「ありがとうございますっ」充は思わず大きな声を出してしまう。「じゃ、じゃあ、紗雪さんも僕のこと、充って呼んでください」

「わ、わかりました。充さ……あ、あぅんっ」

胸が高ぶるあまり、少しだけピストンが強くなってしまった。しかし、今の紗雪の身体は、それも快感として受け入れてくれた。

「ああぁ、凄い、凄いです……気持ちいい感覚が、身体の中でどんどん膨らんでいく……」

「いいですよ、紗雪さん。そのまま気持ち良さだけに集中して」

紗雪は素直に「は、はい」と答え、高まっていく膣感覚に意識を集中させるように瞳を閉じる。

彼女の気が散らないように、充は心の中で応援し続けた。その真剣な表情を眺めているうち、気がつけば、彼女と呼吸まで合わせていた。

もう、ことさらピストンを加速させたりはしない。このリズムが今の彼女にとって一番心地良いのだと、なぜか理解できた。

彼女の額や胸元に、細い肩やなめらかな腹部にも、汗のしずくが煌めいている。

熱気に包まれた女体は、これまでより強く薫っていた。甘酸っぱいフェロモンが充の部屋を満たしていった。

「ああっ、ああんっ……！　また声が、勝手に出ちゃいます……恥ずかしいぃ」

「いいんですよ、紗雪さん。気にしないで。もっと感じて、もっといやらしくなってください。そしたらきっと、今までで一番気持ち良くなれますよ」

「あうぅ……わ、わかりました……ひっ……ひぃ、ふうぅ……身体が、あぁあん、ジンジンしすぎて、中から、溶けちゃいそうです……んんんんっ」

コーチを信じ、その教えを忠実に守るアスリート選手の如く、紗雪は充の言うとおりに、淫らな自分をさらけ出した。あられもなく喘ぎ、悶えて、のたうって、ビクンビクンと腰を戦慄かせる。

その乱れようは着実に、より激しさを増していった。彼女の白い肌は、まるでたった今、湯から上がったばかりのように、鮮やかに紅く色づいていた。

(紗雪さん、とても気持ち良さそうだ)

愛する人を悦ばせること自体が、肉の快感にも劣らぬ大きな幸せ。

充は、このまま一晩中でも彼女と交わり続けていたいと思う。

紗雪がそっとまぶたを開いた。嬉し涙の薄膜に包まれた瞳——その中に充が映っていた。充の顔が、ゆらゆらと揺れ続けていた。

やがて彼女が、悩ましげな表情のなかで一瞬微笑みかけてくる。それを見た瞬間、充は、彼女が自分と同じ気持ちであることを確信した。

紗雪が、充に向かって両手を伸ばしてくる。それに応えて、充は彼女に覆い被さる。彼女の両腕が、充の頭を抱きかかえた。絶え間なく往復する嵌め腰には、彼女の両脚が巻きついてきた。

「み……充さん……アアッ、私、私……もう」

切羽詰まった震え声が、充の鼓膜をくすぐる。

こんなとき、晶や櫻子が相手だったら、充はとどめのピストンを轟かせたことだろう。しかし今は、変わらぬ勢いで腰を振り続け、その代わりに彼女の肩に両腕を回し、ギュッと抱き締めた。

「ああぁん、嬉しい……充さん、もっと強く……！」

紗雪の細腕にも力がこもる。そしてその直後、

「あ、ああっ……凄いのが、来てますっ……さっきより、もっと凄い……あぁ、来る、来る……ひいぃ、イ、イクううぅ!!」

爆《は》ぜるような勢いで女体が跳ね上がった。

密着した濡れ肌から、彼女のアクメの戦慄きが伝わってくる。腰に巻きついた両脚の締めつけから、彼女の絶頂感の強さが伝わってくる。

膣口がギュギューッと収縮を繰り返し、膣壁も荒々しくうねった。

だが、なにより充の射精感を高ぶらせたのは、紗雪が絶頂したという事実だった。まるで長年愛を育み続けてきた夫婦のように、彼女を追いかけて、自然と身体が昇り詰めた。

「オオッ……ぼ、僕も……ウウウーッ!!」

憧れの人妻の女壺に、充は勢いよく樹液を注ぎ込む。

今日はまだ一度も射精していなかったのだが、それだけでは説明できないほど、多量のザーメンが幾度も噴き出した。まるで彼女の子宮に確実に種付けしようと、牡の本能が暴走しているかの如く。

あまりの快感に、充は気が遠くなる。意識を失うことはなかったが、射精が終わっても、しばらくそのことに気づかなかった。

(めちゃくちゃ気持ち良かった。多分、今までで一番だ……)

いつしか女体の発作も鎮まっていて、紗雪の手脚も緩んでいた。充は気だるい上半身をなんとか持ち上げる。

紗雪と目が合った。普段は物憂げな彼女の美貌が、今はまばゆいばかりに、本当に幸せそうに微笑んでいた。

「セックスって……こんなに気持ちのいいものだったんですね……」

充も同じ思いだった。もちろん晶や櫻子とのセックスも素晴らしいが、紗雪との交わりはそれを上回るものだった。やはり愛しい女性との行為は特別なのだ。

（ああ、紗雪さん、好きだ……！）

恋心が燃え上がり、彼女と口づけを交わしたくなる。

彼女の顔に唇を寄せる——が、寸前になって躊躇いが込み上げる。

童貞を卒業し、こうして女を昇天させられるようになったものの、充は依然として恋愛経験がゼロのまま。愛を込めたキスを捧げるのは、セックス以上に緊張した。

躊躇った挙げ句、彼女の頬にチュッと唇を触れさせた。

今の充にはそれが精一杯だった。その程度でも恥ずかしさでたまらなくなり、彼女から顔を背《そむ》ける。

「まあ、充さんったら……うふふっ」

紗雪は驚いたようだが、その声は、まったく怒っていなかった。

「す、すみません……なんか、つい」充はおずおずと紗雪の顔を見る。

彼女はちょっとだけ困ったように眉根を寄せながら、嬉し恥ずかしそうに頬を赤らめ微笑んでいた。

第四章　溜まる欲情と日常

1

これまでの紗雪は、セックスの悦びを知ることは一生できないかもしれないと、半分諦めていたという。

しかし彼女は、見事に中イキを遂げた。刺激に対して過敏すぎる体質だが、それでもちゃんとオルガスムスに達することができたのだ。彼女の夫のセックスの仕方が良くなかったのだと証明された。

翌朝、紗雪は、充と晶にお礼を言って帰っていった。晶が「もう二、三日くらい泊まっていったら？」と言ったが、紗雪は丁重に断った。

充は残念に思った。さらに刺激に慣れさせ、性感帯を目覚めさせれば、彼女はもっと深い快感を得られるようになるだろう。まだ泊まっていくというのなら、たとえ寝不足になろうが、喜んで協力するつもりだった。

しかし紗雪にも事情があるだろう。そう何日も無理に泊まらせることはできない。

「良かったら、またいつでも遊びに来てください」と言って、彼女を見送った。

ところが——

その翌々日のこと。アルバイト先で顔を合わせた紗雪は、もじもじしながら、

「あの、もしご迷惑でなかったら、また泊めていただいてもいいでしょうか……？」

と、意外にも彼女の方からお願いしてきたのだ。

（たったの二晩で、どんな心境の変化があったんだろう？）

充は少々戸惑ったが、しかし、もちろん快諾する。

「今日ですか？　ええ、構いませんよ」

すると紗雪は、ばつが悪そうにうつむきながら、

「いえ、そんな……急に今日なんて、さすがにご迷惑じゃ……」

「いいんですよ。晶さんや櫻子さんも喜びます。あ、もちろん僕も」

冗談めかしてそう言うと、紗雪は顔を上げ、ほっとしたように表情を緩めた。

「ありがとうございます。それでは、よろしくお願いします……」

アルバイトの後、いったん自宅に帰って泊まりの準備をしてから、紗雪は再び充の家へやってきた。

晶はまだ仕事中。充と櫻子が紗雪を迎える。

紗雪は、まるで実家に帰ってきたみたいに安心した様子となった。リビングダイニングで櫻子の淹れたコーヒーをすすると、彼女はぽつりぽつりと語った。詰まるところ、夫が帰ってこない一人ぼっちの夜はとても寂しくて、やっぱり我慢できなくなったのだそうだ。

紗雪は一泊するだけのつもりだったが、櫻子や、仕事から帰ってきた晶が、「何日でも泊まっていったらいいじゃない」と強く勧めた。家に帰れば、紗雪は結局、また一人が寂しくなるのだろう。だったら、浮気夫のことなどいったん忘れて、充の家でしばらく安らかに過ごせばいい。

「充だって、その方が嬉しいでしょう？」と言って、晶はニヤニヤした。

「え、ええ、まあ……」

心が弱っているときは、周囲の優しさがなおさら胸に沁みるもの。紗雪は瞳に涙をたたえ、充たちに向かって深々と頭を下げた。

「ありがとうございます……。では、お言葉に甘えて、しばらくの間、お世話になります」

紗雪は、宿泊代のようなものを、せめて食費だけでも受け取ってほしいと言った。毎日の食事は基本的に晶が受け持っていて、食材を選び、買ってくるのも彼女。購入のためのお金は、自らの財布から出しているのだが、その晶が、「いいわよ、お金なんて」と、笑いながら断った。

食材が一人分増えたところで、材料費はそれほど変わらないし、むしろ量の多い特売品を買ったとき、余さずに使い切れるから経済的だ——と、晶は言った。

姉御肌で少々頑固なところがある彼女は、いったん受け取らないと言ったら、てこでも動かない。押しの弱い紗雪に敵う相手ではなかった。

が、それでは紗雪も気がすまないらしく、彼女もこの家の家事を手伝うことになる。櫻子と二人で、洗濯と掃除を担当することになった。

それだけでも充分にありがたいのだが、しかし充としては、憧れの女性が同じ屋根の下に寝泊まりするということ自体が、胸躍る幸せだった。

当然、手を出さずにはいられない。

翌日の土曜日は、アルバイトは休み。晶は仕事で出かけ、櫻子が来るまでの午前中の時間は、紗雪と二人っきりになった。

充は〝敏感すぎる性感帯を刺激に慣れさせるため〟という建前の元、彼女に迫る。

紗雪は「ああ、いけません。まだお昼前なのに、そんな……」と、わずかな抵抗を見せるが、覚えたての性悦の誘惑には抗えず、結局は若牡と身体を重ねてしまう。

こうして三人の美熟女たちとの淫らな生活が、この家の日常となった。

2

紗雪がこの家に泊まるようになってから四日目の早朝。

充は心地良い感覚に目を覚ます。寝ぼけ眼で天井を見上げながら、その気持ち良さに、まだ夢を見ているのかと思った。

(チ×ポが、気持ちいい……?)

布団の中の隣には晶がいる。昨夜は彼女と獣のように交わり、二人とも裸のまま一緒に寝たのだった。

晶がペニスに悪戯をしているのだろうか？　と、充は一瞬考えたが、その彼女は身動きもせず、穏やかな寝息を立てている。

そもそもこの気持ち良さは、フェラチオの快感だ。何者かが充の陰茎を、ペロリペロリとソフトクリームのように舐め上げているのだ。

竿の根元から這い上ってきた舌は、裏筋にねっとりと張りついて、唾液にぬめる粘膜をヌチャヌチャと擦りつけてくる。

そして雁エラの左右から、亀頭のてっぺんの鈴口まで、丹念に舐め回された。布団の中の出来事で、充からは見えない分、甘美な舌の摩擦感がよけいにはっきりと感じられる気がする。

暗闇の中、充の足下の布団が大きく盛り上がり、モゾモゾと妖しく動いていた。

(あっ……咥えられた)

柔らかな唇の感触をくぐり抜け、ペニスが生温かい空間に入り込んだ。

太マラに押しやられた舌が、それでも懸命に亀頭に絡みついてくる。そして唇の感触が、幹の表面を滑りだした。チュパ、チュパと、微かに聞こえてくる淫音。

ペニスを走る快美感に、充は思わず声を漏らしそうになる。

しっかりと男のツボを押さえた、それでいておとなしい口淫だった。荒々しくしゃぶり立てる晶のそれとはまったく違う。

そもそも枕に頭を載せて寝ている晶に、充のイチモツを咥えられるはずがない。

(ということは……)

半分寝ぼけていた頭も、今やはっきりと覚醒していた。

そっと布団をめくり上げ、中に向かって声をかける。

「紗雪さん、なにを……？」

布団の中は、部屋の中よりもさらに真っ暗だ。だが、充の声に侵入者がビクッとするのが感触で伝わってきた。

「お……おはようございます」

案の定、紗雪の声が返ってくる。そして、さらにこう続いた。

「あ、あの……こうやって起こしてあげると、男の人はみんな喜ぶって、昨日、晶さんが……」

どうやら晶の入れ知恵らしい。

充は、枕元のスマホで時刻を確認する。もうすぐ四時半だ。今日は月曜日で、アルバイトのシフトが入っている日である。

早朝から仕事の充を気持ち良く起こしてあげようと、紗雪はこっそりと布団の中に潜り込んできたのだそうだ。

「それに男の人は朝、ア……アソコが勝手に大きくなっちゃうから、お口ですっきりさせてあげれば一石二鳥だって……」

「いや……まあ、間違いってわけでもないですけど……」

おとなしい紗雪がこんな大胆なことをするとは驚きだった。

が、無論、迷惑ということはない。大歓迎だ。

紗雪にペニスをしゃぶってもらうのは、これが初めてだった。彼女の性感帯を開発することに夢中になっていたせいで、彼女から愛撫の類《たぐ》いをしてもらうことはほとんどなかったのだ。

時刻が四時三十分になり、スマホの目覚ましが鳴りだしたので、すかさず充はそれを止める。晶は充の横で、まだ気持ち良さそうに眠ったままだ。

「じゃあ、続けてもいいですか？」

唾液まみれの竿を手筒でゆるゆると擦りながら、紗雪が尋ねてくる。

「は、はい……。あ、ちょっと待ってください」

せっかく紗雪がフェラチオをしてくれるというのに、その様子が見えないのでは面白くない。

充は布団から出て、部屋の空気に身震いした。二月の朝はやはり冷え込んでいて、裸ではなおさら寒さが身に沁みる。すかさずエアコンの暖房をスタートさせ、ついでに照明のリモコンで、天井のＬＥＤに仄かな灯りをともす。

「紗雪さんも、出てきてくれますか？」

紗雪が布団の中から這い出てくると、充はベッドの縁に腰掛け、股を広げた。

「この格好で、お願いします」

「はい」

紗雪はしずしずと充の前にひざまずき、そそり立つ肉棒を咥え直す。

晶がまだ寝ているので、灯りは強くできなかったが、薄明かりの下でも充分に紗雪のフェラ顔を堪能することができた。充の自慢の剛直を、あられもなく広げた大口で、紗雪は少しずつ頬張っていく。

「んむっ、むぐぅ……おうぅ……ぐっ……ふ、ふうぅ」

さすがに少々手間取りながらも、ペニスの三分の一ほどを、小さく可憐な唇の奥に収めることができた。

ほんのりと濡れた朱唇がキュッと締まる。口内で舌を蠢かせながら、紗雪は緩やかに顔を前後させ始めた。

薄い唇が雁エラの出っ張りに引っ掛かって、たびたびめくれそうになる。

唇の端から唾液がこぼれそうになるのか、ときおりジュルルッとはしたない音を立ててすすり上げる様も、牡の官能を刺激してくる。

（まさか紗雪さんが、こんなエロいフェラをしてくるなんて……）

雁のくびれをねんごろにしごかれ、亀頭の隅々まで舐め尽くされて、たまらず充は先走り汁をちびらせた。

「くうっ……とっても上手ですね、紗雪さん。そのフェラチオは、旦那さんに教え込まれたんですか？」

紗雪は肉棒を咥えたまま、首を横に振る。

ウウゥ、ムオオォと、なにやら呻き声を漏らしてから、口の中のものを吐き出して、こう答えた。

「い、いえ……自分で勉強したんです」

夫婦の営みが苦痛だった紗雪としては、口だけで夫が満足してくれたら、その方がありがたかったのだ。なので、ネットなどでフェラチオの知識を掻き集め、密かに練習したのだという。

紗雪のフェラチオは、首の振り方も舌使いも実にゆったりとしていて、あるいは自分がこういうソフトな愛撫を求めているのだと、口奉仕を通じて夫に伝えたかったのかもしれない。

容赦なく射精に追いやられるような強烈さはなかったが、充としては、こうしてじわじわと高められていく感覚も悪くなかった。特に、寝起きの今の気分にはぴったりで、このままいつまでも温かな快美感に包まれていたくなる。

しかし、不意に充の腹がグウゥと唸った。

それがおかしかったのか、紗雪はフフッと鼻息を漏らし、小さく肩を揺らした。剛直を口から出し、微笑みながら、朝食の準備は出来ていますと言う。

充は、照れ笑いを返した。紗雪は嬉しそうにペニスを咥えると、先ほどまでより首振りをスピードアップさせる。口愛撫で男を昇天させる術《すべ》も、彼女はちゃんと心得ているようだった。

「んっ、んっ、うむ、ちゅぷ、じゅるるぅ、んも、むぼっ」

啄木鳥《きつつき》の如き小刻みな動きで雁首を擦り立て、亀頭に絡ませた舌を躍らせる紗雪。唇の端から漏れてきた唾液を、幹の根元にも塗り広げ、さらには陰嚢までヌルヌルと撫で回し、淫らなオイルマッサージを施してきた。

充は両手を後ろについて背中を反らし、沸き立つ性感にカクカクと膝を笑わせる。

「あ、ああっ、凄くいいですよ。もう、チ×ポが溶けちゃいそうで……こ、このまま出しちゃっていいんですか？」

小気味良く首を振りながら、いつでもどうぞと、紗雪は目顔で伝えてくる。

口内射精の許可が出るや、瞬く間に充は高まり、朝一番の濃密ザーメンを勢いよく放出した。

「くううぅ!! あ、あっ、あぁぁ」

吐精の発作で腰が震え、安物のパイプベッドが微かに軋みながら揺れる。

しかし晶はピクリともせず、相変わらず目を覚ます気配はなかった。

口いっぱいに樹液を吐き出された紗雪は、艶めかしく眉をひそめつつ、コクッ、コクッと上品な音を鳴らして、細い喉に牡の粘液を流し込んでいく。

すべてを飲み干すと、軽く吸い上げながらペニスを口から出した。チュポッと可愛らしい音が鳴った。紗雪は雁首の溝に溜まったものなど、隅から隅まで綺麗に舐め取り、幹も丁寧にしごいて、残り汁の一滴まで鈴口からすすり取った。

一仕事終えた紗雪は、また嬉しそうに微笑む。それから、未だ気持ち良さげに寝ている晶にチラリと視線を向けた。

「ぐっすり寝られてますね。ふふふっ、昨日の夜もとっても激しかったみたいですから、さすがの晶さんも体力を使い尽くしたんでしょう」

昨夜の充と晶のことを言っているのだ。どうやら彼女の寝室にした部屋まで、充たちのセックスの唸り声や振動が届いてしまったらしい。

しかし紗雪は、まるで気にしていない様子。

「は、ははは……そうかもしれませんね」と、充は苦笑いをする。

紗雪に恋心を抱く者としては、少々複雑な気分だった。ただ、だからといって、他の女たちとの蜜戯をやめられるわけではなかったのだが――。

3

その日のアルバイトが終わって帰宅すると、いつものように櫻子がやってくる。晶は仕事が休みの日で、みんなで昼食を食べた後、リビングダイニングでまったりと過ごした。

数日前から、みんなでゲームをすることがブームになっていた。櫻子がお気に入りの洋菓子店で毎日いろんなスイーツを買ってきてくれるので、それをつまみながらテレビを囲い、対戦プレイに明け暮れるのである。

主にプレイするのは、とあるレースゲームだった。

充は基本的に観戦に徹している。普段からゲームをしている充と、昨今のゲーム機を一つも持っていないような彼女たちでは、腕前に差がありすぎるので勝負にならないのだ。

　そうなると一位を取るのはだいたい櫻子だった。彼女は、子供のときはゲームが大好きだったそうで、そのときの勘が今でも残っているようである。

　最も最下位になる回数が多かったのは、意外にも晶だった。彼女は今までまったくゲームをやったことがなかったという。三連続でビリになった彼女は、ソファーに座ったまま地団駄を踏み、苛立ちの声を上げた。

「うきーっ！　本物のバイクに乗ったら、絶対にあたしが一番速いのに！」

「晶さんの選んだマシンは初心者向けじゃないのよ」と、櫻子が言う。「すべてのマシンの中で最高速度は一番だけど、その分、コントロールが難しいでしょう？　最初はもっと操作が簡単なマシンを選びなさいよ」

　しかしそんなアドバイスも、晶をさらに不機嫌にさせた。

「いいんです！　あたしはこのマシンが気に入ったの！」

　次のレース。晶と同様にゲーム初心者である紗雪は、櫻子に勧められたマシンを選んで、手堅く二位を獲得する。

　やっぱり最下位だった晶は、あまりにも自分が負けすぎなのでつまらないと、駄々をこねだした。そして、

「そうだ。一位だった人は、次のレースでなにかハンデをつけましょうよ。じゃないと毎回同じ結果で面白くないわ」

晶は提案する。一位を獲ったプレイヤーは、次のレースの間中、充にクンニをされる――というルールを。

「ちょ、ちょっと、一位って私じゃない。二人の見ている前で、充くんにアソコを舐められるの？　そんなの嫌よぉ」

顔を真っ赤にして抗議する櫻子。

充としても、紗雪の目の前で他の女性にクンニをするのはちょっと気まずかった。

だが、晶は引き下がらない。

「それくらいしないと、あたしや紗雪ちゃんが櫻子さんに勝てる可能性ないじゃないですか。結果が決まってる勝負なんてつまらないでしょ？　ねえ、紗雪ちゃん」

晶の迫力に押されて、紗雪も「そ、そうですね……」と同意した。

「ほらぁ」と、晶はドヤ顔になる。「櫻子さんだって、あたしたちみたいな初心者を容赦なく負かし続けて、楽しいんですか？　自分だけ楽しければ、それでいいんですか？」

「そ、そういうわけじゃないけれど……」

じゃあ決まりですねと、晶は強引に押し切った。一応、充も、気が進まないことを訴えるが、やはり晶には糠《ぬか》に釘である。

「いいじゃない。あんたが、ここにいる全員としちゃってるのは、みんな知ってるんだから。なにを今さら恥ずかしがってるのよ」

とんでもないことになったと思い、充はチラリと、紗雪と目を合わせた。

紗雪も頬を赤くして、苦笑いを見せた。クンニ役を押しつけられてしまった充を気の毒に思っているようだ。しかし、

(やっぱり紗雪さん、僕が目の前で櫻子さんにクンニしても、別に嫌じゃないみたいだな……)

女たちは、テレビの前のソファーで横並びに座っている。晶に促されて、充は、ソファーの真ん中に座る櫻子の前にひざまずいた。

「充、櫻子さんに遠慮して手抜きしたら駄目よ。あたしが教えてあげたクンニのテクニックで、櫻子さんのオマ×コを容赦なく責めまくるの」

櫻子が恨めしそうに晶を睨んだ。「あ、晶さんが一位になったら、自分がそれをされるんですからねっ？」

櫻子も腹をくくったようで、充がおずおずとスカートの中に手を潜り込ませ、手探

りでパンティに指をかけると、脱がしやすいように腰を持ち上げてくれた。

「あの、皆さん、ゲームですから、楽しく……」

紗雪が蚊の鳴くような声で言うが、二人とも視線で火花を散らして聞いていない。

花柄レースのブルーのパンティを、充が櫻子の足首から引き抜くと、それがチェッカーフラッグとばかりにレースがスタートした。

充は半ばヤケクソになり、足首まであるフレアスカートをめくり上げ、中に頭を突っ込む。

思ったよりも中は暗かった。やがて目が慣れてくると、ボリュームたっぷりの太腿がぼんやりと浮かび上がってきた。

すぐ隣に晶と紗雪がいるのだが、しかしスカートに包まれているおかげで、彼女たちの視線を感じずにすんだ。そうすると、なにやら痴漢をしているみたいな背徳感が込み上げてくる。スカート内に籠《こ》もった芳《かぐわ》しい牝臭にも嗅ぎ惚れる。

(オマ×コの匂いだ。甘酸っぱくて、鼻にちょっとツンとくる匂い……)

無理矢理に強要されたクンニだが、ムラムラと情欲が高まってきた。

「すみません、櫻子さん、もう少し脚を開いてください。あと、腰も前に出して……そうです、そうです」

スカートの暗闇の中で、見当をつけて舌を這わせる。狙いはほぼ正しく、ぽってりとした割れ目を舐め上げた。勢い余って恥丘まで舌が滑る。

「ひゃっ……あううっ」

スカートの外から櫻子の艶めかしい呻き声が聞こえてきた。

舌の表面に、恥毛のザラザラした感触は当たっていない。インターネットカフェで初めてセックスをしたとき、少女のような無毛の股間を充は褒めてあげたが、櫻子はそれに気を良くしたようである。あれから毎晩剃っているらしく、恥丘から大陰唇まで、剝きたての茹《ゆ》で玉子のようにツルツルだった。

おかげでとても舐めやすい。肉溝を下から上へ、何度も舌でなぞっていく。

すると次第に、包皮の中で膨らんでくるものの感触がわかるようになった。

重点的にそこを責めると、喘ぎ声のオクターブが一段上がる。

「いやぁ、そこばっかり……ダ、ダメ……あ、あぅん、コースアウトおぉ」

やがて勃起したクリトリスが包皮から飛び出した。なめらかで、コリッと硬く、舌触りの良いそれを舐め転がし、唇に挟んで吸引する。

「んひぃぃぃ……！　クリを、あぁ、ああん、そんなにいじめないで」

プルプルと震えるコンパスが、放っておくとだんだん閉じてくるので、その都度、充は両手で広げ直した。ついでに太腿の熟れ肌を撫で回し、すべすべした感触を愉しむ。

それから充は口を下にずらし、ずる剝けのクリトリスを鼻先でいじりながら、膣口に舌を潜り込ませてウネウネと蠢かせた。

多量の愛液が溢れ出していたので、壺口に唇をつけてジュルジュルと吸っては、仄かな甘さで喉を潤す。櫻子は苦悶の喘ぎを漏らし、豊腰をくねくねと悶えさせた。

そしてレースが終了する。

しかし、なんと櫻子は、操作ミスをしながらも辛うじて一位だったらしい。

スカートから顔を出した充へ、晶が文句を言ってきた。

「もう、充ったら、ほんとにちゃんとやったぁ？　見えないからってサボってたんじゃないの？」

充はムッとして答えた。「ちゃんとやりましたよ。櫻子さんのオマ×コ、もうグッチョグチョですよ」

「そ、そんなこと言わなくていいのっ」と、櫻子に怒られた。

次のレース。また晶に文句を言われるのは嫌なので、充は全力で女陰を責める。

むせ返るような女の性臭と熱気がスカート内に充満していて、充はクラクラしながらもクリトリスを舐め、甘噛みを施す。

さらに指マンも追加した。蜜壺に二本指を突き立て、ジュポジュポとピストン。鉤《かぎ》状に曲げた指でGスポットも引っ掻く。

「ああっ、それはダメぇぇ。出ちゃうから、本当に……いやっ、いやあぁ、クンニだけって話だったじゃないっ。ゆ、指は反則よおぉ！」

櫻子が本気の悲鳴を上げた。充がこのまま牝責めを続ければ、レースが終わる前に彼女はアクメに達することだろう。おそらくGスポットの悦《えつ》で潮《しお》を噴いて。

（スカートがぐっしょり濡れて、お漏らししたみたいになっちゃうだろうな）

それはさすがに可哀想だと思った。充は、舌の感触で尿道口を探り当て、唇をぴったりとあてがう。

そのうえで、少しザラザラしているGスポットの肉襞を指先で掻きむしった。

「アーッ、待って、待ってぇ、もう赦《ゆる》して、充くんっ……そんなにしたら、Gスポットのお肉が、おっ、おほうぅ、溶けちゃう、ドロドロに蕩けちゃウウゥ」

スカートの外から晶が叫んだ。「やめちゃ駄目よ、充。今度こそあたしが勝つ！」

ここまで来たら充もやめる気はない。空いていた方の手で肉真珠をこねくりつつ、猛ピストンで蜜穴を引っ掻き回した。ゲームのBGMを掻き消すほどに、グチョグチヨ、ジュボジュボと、大音量の卑猥な水音を鳴り響かせる。
「ダメダメ、イッちゃう、あぁあぁ、イッグぅうぅ!!」

そしてついに櫻子は、潮吹きアクメに達した。

膣口がギューッと二本指を締めつけてくる。ムッチリした熟れ肉の太腿が、充の頬を力強く挟み、ビクッビクッと痙攣する。

淫水がほとばしり、何度も充の口内に注ぎ込まれた。まったくといっていいほどに嫌悪感はなかった。無味無臭。なにより、彼女たちには充も飲精してもらっているのだから、あのネバネバした青臭い牡汁に比べれば、こんなぬるいだけの液体などなんてことはない。

ゴクゴクと飲んで、むしろ興奮する。

充がスカートの中から頭を出すと、櫻子が呆けた顔でぐったりとソファーに寄りかかっていた。両腕はだらんとし、その手は、もはやコントローラーをまともに握ることさえできないようである。

「も……もう……充くんったら、酷いわぁ……」

忙しく肩を上下させつつ、櫻子は艶めかしい口調で呟いた。

レースの結果は、櫻子がリタイア。

一位の座を手にしたのは――晶ではなく、紗雪だった。

ほんのわずかな差で勝利を逃した晶は、ジタバタと悔しがる。「くやしーっ！　次は紗雪ちゃんがクンニされるのよ。いいっ？」

「や……やっぱりそうなんですか？　ううぅ……」

紗雪は助け船を求めるように、充に視線を送ってくる。

しかし充は申し訳ない気持ちで首を振った。なんとかしてあげたいのはやまやまだが、もはや今の晶は、自分が一位になるまでやめる気はないだろう。

仕方なく紗雪は、スカートの中でパンティを脱いだ。ソファーに腰を下ろすと、真っ赤な顔をうつむかせて、少しずつ股を広げていく。

「お、お手柔らかに、お願いします……」

そのとき充は、ふと気づいた。チラリと見えた彼女の瞳は、今にも泣きだしそうでありながら、しかし、密かな期待もこもっているようだったのだ。

（そっか、そうだよな……。もし本当にクンニされたくないんだったら、晶さんに勝ちを譲っちゃえば良かったんだ）

それをしなかったということは、心のどこかでは充のクンニを欲していたということだろうか。

ドキドキしながら、充は紗雪のスカートに頭を突っ込んだ。アクメの余韻に呆けている櫻子は、しばらく休憩。晶と紗雪の一騎打ちとなる。

レースが始まるや、充はソフトな舌使いで、肉唇を優しく愛撫していく。

そこはすでにしっとりと濡れていた。

「あううっ……ま、待ってください。あ、あ、やぁん、こんなの無理いぃ」

大粒のクリトリスを包皮の上からつつくだけで、紗雪はその手からコントローラーを落としてしまうのだった。

4

その後、皆で夕食を食べて、櫻子は帰っていった。

紗雪が後片づけをしてくれる。「充さん、お風呂、お先にどうぞ」

充が一番風呂を頂こうとすると、後を追うように晶がバスルームに闖入《ちんにゅう》してきた。

「充、背中を流してあげる」

「え……ど、どうしたんですか、急に」

晶がそんなことを言いだしたのは初めてのことだった。

茶髪のロングヘアを後頭部でまとめていて、なんだかいつもと違う色っぽさがある。陥没乳頭のHカップを揺らしながら、晶は早速、タイルの床にバスマットを敷いた。

「ふふっ、たまにはお風呂でするのもいいかなって思ったのよ」

どうやら背中を流すというのは、ただのついでらしい。

先ほどのゲーム勝負は、櫻子も紗雪もクンニの悦でふにゃふにゃになってしまい、それでようやく晶が勝ち星を得たのだった。今日の勝負はそこで終わりとなり、つまり晶だけは一度もクンニを受けていない。

あるいは晶は、櫻子と紗雪の乱れようを見て、密かに情欲を募らせていたのかもしれない。それで夜のベッドまで我慢できなくなり、バスルームに突入してきたのかも。

充が幼い頃、母親と一緒に入ったこのバスルームも、大きくなった今の充と晶の二人では、さすがに少々狭く感じられた。しかし、そのおかげで自然と二人の肌が寄り添い、なんとも艶めかしい雰囲気になる。

晶はスポンジで、ボディソープを手早く泡立てた。

その泡を自分の胸元や腹部に塗りつけていく。

「僕の背中を洗ってくれるんじゃないんですか？」

「そう焦《あせ》らないの。ちゃんと洗ってあげるわよ。うふふっ」

晶に言われて、充がバスマットの上に立つと、彼女は後ろに回り込んできた。吐息を感じるほどに寄り添い、たっぷりの泡にまみれた爆乳を、ヌルリと充の背中に擦りつけてくる。

「うわっ」

「ふふっ、ソーププレイよ。あたし、結構得意なんだから」

背中の次は左右の腕。万歳をさせられて腋の下にも。

そして晶は、正面から抱きついてきた。充の肩に腕を回すと、上半身を上下左右に揺らして、充の胸元をニュルニュルと乳スポンジで擦った。

半勃ちだったペニスは、彼女の引き締まった下腹部で揉みくちゃにされ、瞬《また》く間にフル勃起となる。

ぬめった乳肉による快美感は思った以上で、充は、この泡乳を使ったさらなる愉悦を期待せずにはいられなくなった。

「あ、あの、晶さん、その泡オッパイで……」

「うふふ、わかってるわ。ソーププレイをしたときは、みんなそれをお願いしてくるもの。……ほぅら、こうでしょ？」

晶は徐々に腰を落としていき、やがて左右の下乳の合わせ目に、そそり立つ肉棒がヌルッと潜り込んだ。

膣穴とはまた違う摩擦感が、イチモツを包み込む。晶が左右から双乳を押し寄せれば、柔らかくなめらかな乳肌がぴったりと吸いついてきた。

男なら一度は体験してみたいと夢見るパイズリ。しかも爆乳という、極上のおまけ付きである。そのうえソーププレイのオプションまで付属しているのだから、これ以上の贅沢はない。

晶は自らの乳房を鷲づかみにして、ユッサユッサと上下に躍らせた。

ペニスの急所が甘やかに擦られ、微妙なくすぐったさを含んだ摩擦快感が込み上げてくる。ゾクゾクする感覚が、充の背筋を駆け抜けていった。

「くうぅう……た、たまんないです」

「イッちゃいそう？　いいわ、いっぱい出すところ見せて」

ニヤリと笑って、晶はさらに乳擦りを加速させる。左右の肉房を一緒に上下させるだけでなく、互い違いに擦り合わせたり、果ては充に腰を振らせたりした。

「ほらほら、オマ×コに入れてるみたいでしょ？　乳マ×コよ。もっともっと腰を振って、充のオチ×ポであたしのオッパイを犯しちゃいなさい」

「は、はいっ……うおっ、うううぅ」

晶の両肩に手を置いて、充は猛然とピストンに励む。双乳の谷間からニョキニョキと顔を出す亀頭が、少しばかりユーモラスでありながら、なんとも卑猥だった。

ぬめりが減ってきたらスポンジを搾って、新たな泡を谷間に流し込む。粘りとなめらかさのバランスが絶妙なその泡のおかげで、ペニスと乳肉が一つに溶けてしまいそうな錯覚を覚えた。

「あぁ、出ます、出ますっ……ぐっ、クウウーッ!!」

充の唸り声が、バスルームのタイルに反響する。鈴口からは噴水の如く白濁液がほとばしり、晶の顔や、顎の下を、ドロドロに汚していった。青臭い刺激臭がたちまちバスルーム内を満たしていく。

「やぁあん、凄い量、凄い勢い。それに搾りたての精液って、こんなに温かいのね」

口内や膣壺で受け止めたときとはまた違う感慨があるようである。

晶はザーメンまみれの顔でうっとりと目を細め、ペニスの脈動が鎮まるまで、左右の乳肉で優しくさすり続けてくれた――。

パイズリを終えると、晶は見事に精液パックされた顔面を、指で丁寧に拭った。当然のようにその指もしゃぶって、絡め取った粘液をすべて舐め尽くす。

身体の泡を洗い流し、髪もざっとシャンプーをして、二人で浴槽に浸《つ》かった。

一般的なサイズの浴槽なので、やはりかなり狭い。向かい合った体勢で、充の脚の上に晶の脚を被せるようにして、なんとか二人とも湯船の中に身体を収める。浴槽の縁からザバーッと湯が溢れた。

「やっぱりラブホテルのお風呂みたいにはいかないわね。二人で入ると、さすがにギュウギュウだわ」

「ふぅん……ラブホテルのお風呂って、そんなに広いんですか？」

「そりゃあそうよ。一緒に入ってイチャイチャしたいカップルもいるでしょうしね。うふふっ、こんなふうに」

晶はニヤッと笑って手を伸ばし、充のペニスに指を絡めてくる。

そこは先ほどから充血しっぱなしだった。鋼《はがね》のように硬直し、力強く反り返っていた。

色っぽくくびれ、美しく引き締まった女体——それが充と絡み合い、肌と肌を密着させているのだ。牡の官能が休まる暇などあるはずもなかった。

そのうえ彼女の乳房が、こんなに大きな女肉の塊が、湯面の辺りで冬至《とうじ》の柚子《ゆず》のようにぷかぷかと浮いているのだから、充はもう目が離せなくなり、興奮は高まる一方である。

「あらあら、なんだかいつにも増して硬いわねぇ」

晶の手が肉棒を軽く握って、楽しげにシコシコとしごいてきた。

「う、ううっ」

ほんの小手調べのような手コキで、思わず呻いてしまう充。

しかし負けじとこちらも手を伸ばし、黒々とした茂みが海藻の如く揺らめいている恥丘の奥を、彼女の肉唇を中指で探る。

入り口の穴を見つけるや、ズブリと中指を差し込んだ。

「あぅん、ダメよぉ。中にお湯が入っちゃう」

ほんの数回、中指を膣路に往復させただけで、晶は悩ましげな媚声を漏らす。

「……じゃあ、お湯が入らないように、もっと太い栓をしましょうか？」

「あら、うふふっ……お風呂に浸かりながらしたいの？　充ったら、ほんとスケベなんだからぁ」

そんなことを言いながら、晶もそのつもりだったのだろう。湯船から立ち上がると、すぐさま充の腰にまたがってきた。片手で肉棒を握り起こし、女壺の口に亀頭をあてがい、騎乗位と対面座位の中間のような体勢で繋がってくる。

三人の女たちの中で、一番多く充とセックスしている晶は、もはや極太ペニスもなんのそのだ。青筋を浮かべてパンパンに膨らんだ肉の幹を、一息で根元まで呑み込んでしまう。

「う、うぅんっ……ああ、馴染んでる。あたしのオマ×コが、充のデカチンの形に広げられちゃってる。やだぁ、ユルユルになったら困っちゃうわぁ」

「くっ……だ、大丈夫です。晶さんのオマ×コは、今でもギュウギュウに締まってきますよ」

女壺の中は風呂の湯にも負けないくらい熱く、そしてその膣圧は、相変わらずの力強さだった。運送会社の肉体労働で、ペニスを締めつける股ぐらの筋肉まで鍛えられているのかもしれない。

挿入しているだけで湧いてくる快美感。充がウウッと呻き声を漏らすと、晶は妖しい微笑みを浮かべた。やはり彼女は、肉悦に悶える男を見るのが好きなようだ。

「うふっ、そう？　じゃあ、そのオマ×コで、たっぷり感じさせてあげるわね」

晶は、最初からパワフルに腰を振り始めた。ザバッザバッと湯面が荒々しく波打ち、さらに浴槽からこぼれていく。

ただ、水の抵抗が動きを制限するらしく、抽送自体はそれほど速くなかった。

ペニスにもたらされる摩擦快感も強烈というほどではなく、おかげで充にも、やり返す余裕が生まれる。

とはいえ、狭い浴槽の中、対面座位に近いこの体勢では、腰を突き上げることも難しかった。せめてもの反撃として、充は、上下に跳ねて湯面を叩いている双乳をムギュッと鷲づかみにした。

二十代のように瑞々《みずみず》しい乳肌は湯を弾き、張りもあって心地良く手指を跳ね返してくる。充は精一杯に指を使って揉みしだくが、ぷっくりと丸みを帯びた乳輪に目をやって、ふと考えた。

そういえば、さっき——

「あの、晶さん……さっき、乳首は洗ってませんでしたよね？」

彼女は陥没乳頭なので、乳首は常に、乳輪に刻まれた縦溝の中に埋まった状態だ。実のところ充は、未だ彼女の乳首を見たことがなかった。

乳輪に埋まった乳首は、包茎のペニスのようなもの。汗や汚れが溜まりやすいはずだから、毎日綺麗に洗ってやる必要があるのではないだろうか。

すると晶は、「後で綿棒で綺麗にするわ」と答えた。

埋まっている乳首を外に出すには、まず乳輪を丁寧にマッサージしなければならないらしい。それが手間なので、晶はいつも風呂上がりに綿棒を使って、溝の中の汚れを取っているそうだ。

「マッサージをすればいいんですか？　だったら、僕がやりますよ」

興味を覚えて、充は申し出た。彼女がどんな乳首をしているのか、見てみたいと思ったのだ。もちろん、それに愛撫を施したときの彼女の反応も。

ただ、今になって思い返すと、これまで何度かこの乳輪に触れたとき、さりげなく彼女に中断させられていたような気がする。もしかしたらなにか事情があって、この陥没乳頭に触れてほしくないのではとも思えた。

晶は、やはり少し躊躇《ためら》った──ように見えた。

しかしすぐに、「そう……じゃあ、お願いするわ」と言った。

そしてそのマッサージ方法を教えてくれるのだが、要は乳輪越しに圧迫して、乳首に刺激を与えればいいらしい。まるっきり愛撫じゃないかと、充は思った。

(そんなことなら、もっと早く言ってくれたら喜んで協力したのに)

充は嬉々として、乳輪へのマッサージを始める。親指と人差し指で優しくつまみ、ムニュ、ムニュと揉み込んだ。乳輪自体が膨らんでいるので、実にやりやすい。

「アッ……うふん、そうよ、そんな感じ。充の指の感触が、ちゃんと乳首に伝わってきてるわ。あ……はぁん、ムズムズしちゃう」

充がマッサージを続けると、次第に晶の表情が悩ましげになっていった。逆ピストン運動がやや減速する。

ただし、彼女の吐息が乱れていくにつれ、戦慄くような膣口の収縮はより激しさを増していった。

「う、ううっ……そろそろ、出てきそうですか？」

「ええ……中でとってもジンジンしてるわ。もう硬くなってるでしょ？　もうじき飛び出してくると……んんんっ」

晶の言うとおり、コリコリとした感触が指先に伝わってきていた。

そして次の瞬間、まずは左側の乳輪の溝が、ムクムクと内側から盛り上がった。

その溝が広がって、綺麗なピンク色の突起が奥から迫《せ》り上がってくる。

「あっ……ほ、ほんとに出てきましたっ」

最後の一押しとばかりに、充は、二本の指で乳輪の端っこをギュッと圧迫した。それによって突起は勢いよく押し出され、ついに全容を露わにしたのだった。

「あ、あうぅんっ」と、晶が顔を仰け反らせる。

さらに右側の乳輪の縦筋からも、ほどなく乳首がニョキッと顔を出す。

ようやく拝むことのできた晶の乳首は、Hカップの乳房には不釣り合いな、やや小振りなものだった。

色も薄めでなんとも初々しい。触られず、擦られず、いつも乳輪にガードされているから、大人の乳首になれなかったのだろうか。

（ちょっと意外だけど……でも、それがまたエロいような……）

本能に促されるように、充は乳首へ口元を寄せていった。

と、なかなかに刺激的な匂いが鼻腔へ流れ込んでくる。晶の乳首の匂いだ。

やはり溝の中は汗や脂が溜まりやすく、しかも蒸れるのだろう。ボディソープの爽やかな香りにも負けぬ、なんとも野性的なアロマだった。

が、決して悪臭ではなく、嗅げば嗅ぐほど牡の官能が煽られ、揺さぶられる。

「ちょっと充ぅ、そんなに鼻をヒクヒクさせちゃって……臭いんでしょう？　嗅《か》がないでよぉ」

晶は苦笑いを浮かべ、充の小鼻をギュッとつまんできた。

「ううん……臭くはないです。凄く興奮する、いい匂いですよ」

充は彼女の手を鼻から外し、剝きたての乳首をペロリと舐める。

途端に晶はビクッと身を震わせた。

「ひゃっ……バ、バカぁ、いきなり舐めないでっ」

「え……いけませんでした？」

「そりゃ、だって……き、汚いでしょ？　まだ洗ってないんだから……」

なんだか晶らしくない物言いだった。引っ越し運送会社で働く晶は、いつも仕事先でたっぷり汗をかいて帰ってくる。仕事がハードだった日ほど妙に性欲が増すらしく、帰宅早々、シャワーも浴びずにクンニからのセックス——なんてことも何度かあったが、こんなふうに彼女が身体の匂いや汚れを気にしていたことはない。

少しばかり訝《いぶか》しく思いながら、充は、

「僕は別に気にしませんよ。でも、汚れているなら、綺麗にしてあげます」

と言って、パクッと乳輪ごと頬張った。可愛らしい小突起を、早速レロレロと舐め転がす。なかなかの塩気が舌に広がった。

コリッとした感触や、濃縮された汗の匂いもあって、なんだか赤貝やサザエの身を食べているような気分になる。充は食欲をそそられ、甘噛みで歯応えも愉しんだ。

「くひっ、ううう……それ、ダメぇ……あ、あっ、いやあぁ」

晶の反応は、なんとも微妙だった。

愉悦を感じているようではあるが、なんだか辛そうにも見えた。充の肩に載せていた彼女の手が震え、硬直し、指先がググッと食い込んでくる。まるでなにかを懸命に堪えているみたいに。

「もしかして、乳首を舐められたりするの嫌いなんですか？」

充が尋ねると、晶はううんと首を振った。

「……嫌いってわけじゃないわ。でも、乳首に直に触れられると、気持ちいいんだけど、それと同じくらいくすぐったくなっちゃうの」

身体に力が入らなくなり、嵌め腰を使うこともままならなくなってしまうという。晶は攻めるセックスが好きなので、それでは困るのだそうだ。

(なるほど。これまで晶さんが、乳首に触れられるのを避けてたみたいだったけど、そういう理由だったのか)

きっとこの乳首は、普段、乳輪の奥に隠れているせいで、刺激に対して少々過敏なのだろう。

(紗雪さんと同じだ。いや、紗雪さんほどではないみたいだけど)

試しにもう一度、今度は軽く舌先を当てて舐めてみた。生まれたての仔猫の小さな頭をそっと撫でるような気持ちで、優しく、優しく。

「あんっ……あ、あぁ、それくらいなら、あんまりくすぐったくないわ……うぅ、ふうぅん」

するると晶は、うっとりとした顔で熱い鼻息を漏らすようになる。どうやら、くすぐったさよりも快感の方が上回ったようだ。

思ったとおりの反応を得て、充は理解した。やはりこの乳首も相当に敏感で、まだ少々未開発なのだ。ならばと、ソフトな舌使いで丁寧に刺激していく。

「はあぁ、んあぁぁ……いいわぁ……ううん」

「ふぅ……晶さん、ピストンを再開してくれますか？」

いったん口を離してそう言うと、続けて反対側の乳首を咥えた。甘やかに舌で撫で、つついて、ときおりほんの少しチュッと吸う。

「うふうぅん、わ、わかったわ……あうぅ、あ、あぁ、充ったら、なんでそんなに上手なの？　くうぅ、乳首がこんなに気持ちいいの、初めてよぉ」

ちょうどいい力加減と舌の動かし方は、紗雪の敏感肌を愛撫しながら、充が試行錯誤で身につけていったものだ。

しかし、そんなこと、晶は知らない。いきなりこんな繊細な舌戯を施してくる充に戸惑いを見せつつ、それでも彼女は、再び腰を上下に揺らし始めた。

「ああぁ、あうぅん、凄いわぁ……オマ×コまで、いつもよりずっと感じちゃってる……奥が、子宮が、はううぅ」

「晶さん、もっと頑張ってください。もっといっぱい腰を振ってくれないと、僕、イケません。ほらっ」

充は左右の乳首を交互に咥え、舌であやしながら、彼女の豊かなヒップを両手で抱え込み、持ち上げては下ろして、女上位のピストンを介助した。

「アアーッ、待って、気持ち良すぎなの……ウウゥ、こんなセックス、酷いわ、あたし、攻める方が好きなのにいぃ……あっ、ん、んんーっ！」

今や主導権は、ほとんど充が握っていた。

剝きたての乳首を執拗に甘やかされ、強引に腰を振らされた晶は、これまでに見せたことのないような切羽詰まったアヘ顔を晒した。半ば白目を剝き、唇から犬のように舌をはみ出させて、身も世もなく悶え狂う。

おそらく快感自体は、いつもの何倍も強烈ということはないのだろう。

ただ、受け身のセックスでこんなに感じたことはなかったようだから、その戸惑いや動揺が、彼女の性感をよけいに打ち震わせているのではないか。虐めっ子が、思いも寄らず殴り返されて、途端にビビってしまうように。

晶はさらに悩ましげに悶え、唸り、その声はバスルーム内に反響して、もう隣近所まで聞こえてしまっているかもしれない。

だが充は、勢いのついた嵌め腰を止められなかった。

そして晶は、ビクビクッとひときわ仰け反り、断末魔の叫びをほとばしらせる。

「んひぃ、イッちゃうぅ！　乳首でイクッ、イクイクッ、あぁぁ、イックうぅん!!」

膣壺の中が狂ったようにうねり、ペニスを締め上げてくる。たまらない快感が駆け抜け、充もザーメン混じりの先走り汁をドクドクと漏らした。

しかし、射精にはまだ至らない。まだ足りない。

充はイチモツを膣穴から引き抜くと、未だ痙攣を続けている女体を抱きかかえ、うつぶせの向きにした。晶の上半身を浴槽からはみ出させ、バスルームの壁に押しつけ、その体勢でバックから再び挿入する。

膝から上が湯から出たので、さっきよりも素早い抽送が可能だ。充は彼女の艶腰をがっちりとつかみ、すぐさま後背位でピストンを始めた。

「ウグッ……!?　お、おほおぉ、充、待って、ああぁっ……い、今まだ、気持ちいいのが終わってないのおおぉ」

どうやらオルガスムスの感覚が未だ膣内を疼かせているらしい。が、充は容赦なく嵌め腰を使い、バスルームに漂う白い湯煙を掻き乱しながら、張りのいい桃尻をパンッパンッパーンと打ちのめす。

晶には悪いが、充もまた、相手を攻めるのが好きなのだ。ドロドロに蕩けたアクメ膣に太マラを擦りつけ、燃えるような肉悦に射精感を募らせていく。

「うおぉ、イキますよ。もうすぐですから、あと少し……あぁ、あぁぁ」

頭がクラクラした。少しのぼせたのかもしれない。だがそれも悪くなかった。下半身から込み上げてくる射精の予感だけに、充の全神経は集中する。

「で、出ます、出ますっ……ウウウウーッ!!」

これまでにない達成感と征服感。

充は、初めて晶に勝ったような気がし、その証《あかし》とばかりに、凄まじい量のザーメンを何度も何度も彼女の膣壺に注ぎ込んだ。子宮の中まで満たすほどに。

「ヒィ、ヒィ……いやあぁ、お腹が破裂しちゃう……おおぉ、んほおおっ……!」

充の吐精が終わるまで、女体の艶めかしい痙攣もずっと続いたのだった。

5

朝から晩まで色にまみれた、男子の本懐ともいうべき日々。

が、楽しいことほど、そう長くは続かないものである。

その翌日。充がコンビニでアルバイトに励んでいると、店に晶がやってきた。昨日と今日で二連休の晶は、暇を持て余し、今から軽くバイクを走らせてくるという。

「充も二輪の免許取りなさいよ。そしたら一緒にツーリングしましょう」

バックルームの店長が、こちらをチラチラとうかがっているので、充は乱れた商品棚の整理をしながら、そうですねと小声で相槌を打った。

晶はふと菓子コーナーに目を留め、あらと声を上げる。

「この飴、懐かしいわね。まだ売ってるんだ。昔、一洋によく買ってあげたわ」

袋詰めの梅味のキャンディだ。一洋の家に遊びに行ったとき、充もよくもらったのを覚えている。

晶は遠い目をして微笑んだが、しかし不意に表情を曇らせた。

「一洋たち……今頃どうしてるかしら」

彼女が家出をしてから、もうひと月ほど経っていた。

「やっぱり気になりますか」

「……まあ、馬鹿な子ほど可愛いものよ」

しかし晶は、まだ帰る気にならないという。息子たちも夫婦水入らずの方がいいかもしれないから、これを機会に自分は家を出ようかと考え中なのだそうだ。

その後、晶は、缶コーヒーを一本だけ持ってレジにやってきた。

充がレジに入って会計をしようとすると、そのとき出入り口のドアが開き、若いカップルの客が入ってきた。鬚面《ひげづら》で身体の大きい柄《がら》の悪そうな男と、メイクも服装もやけにカラフルで派手な女の二人組だった。

「いらっしゃいませ……」

充は、男の方の顔に見覚えがあった。

その男は、かつての充の友達。晶の息子の一洋だった。

彼とは小学校の学区が一緒だったわけだが、しかし互いの家は、歩けば三十分もかかるほど離れている。彼がこの辺りに来るのは珍しいことのように思えた。

一洋は、レジ前の晶に気づいてアッと叫ぶ。「お、おふくろッ⁉」

どうやら彼らは、たまたまこのコンビニに立ち寄ったようだ。思いもかけず家出中の晶と鉢合わせてしまい、目を丸くして驚いていた。

先に冷静さを取り戻して動きだしたのは、女の方だった。その女は弾かれたように飛び出し、両手を広げてガバッと晶に抱きついた。

「お義母《かあ》さん、帰ってきてぇ！　私とカズくんだけじゃ無理ですぅ！」

その言葉から察するに、彼女が、晶の家出の原因となった、一洋の妻らしい。

絶対放さないとばかりにしがみつかれた晶は、最初は戸惑っていたものの、やがて呆れた顔になる。美羅《みら》ちゃん――と、その女に呼びかけた。あれからひと月も経ったのに、まだそんな泣き言を言っているのかと。

「さすがの美羅ちゃんも、少しは家の仕事を頑張れるようになってる頃だろうと思ってたけど、その様子じゃまだまだみたいね」

ハァ……と、溜め息をこぼす晶。

と、一洋も我に返ったようで、今度はドスの利いた声でこう言った。「美羅は家のこと、ちゃんと頑張ってるよ。朝飯、夕飯、毎回作ってくれるようになったし、ゴミ出しもやってくれてる。洗濯機だって、一応は使えるようになったんだぜ」

夫婦で協力し合って、今ではなんとか家の仕事をこなせるようになったらしい。

それを聞いて、晶はちょっと嬉しそうに頬を緩める。

「あら、だったら問題ないじゃない。『私とカズくんだけじゃ無理ですぅ』なんて言うから、あたしてっきり――」

晶の言葉を遮って、一洋はこう言った。

「美羅、妊娠したんだよ」

さっきまで一洋は、妻の美羅と二人で、この近くの産婦人科の医院に行っていたそうだ。そこで検査を受けて、妊娠二か月と診断されたという。

美羅はその場にくずおれ、

「あたし、今でもいっぱいいっぱいなんです。カズくんも超手伝ってくれてるけど、これ以上はもう……。このうえ子育てまでするなんて絶対無理です。お義母さん、助けてえぇ」

晶の脚にしがみついたまま、子供のようにわんわんと泣きだしてしまった。

「に、妊娠……あたしの孫……？」

晶は、その手から缶コーヒーを落としてしまいそうなほど啞然としていた。

が、しかし——やがてその顔に喜びの色がぱあっと広がった。

第五章　冬山の淫らな一夜

1

大事なことを考えるときは、その前にバイクに乗って、頭の中を真っ白にしたいの。

そう言って晶は、コンビニの駐車場からバイクで走っていった。

夕方、充の家に帰ってきた晶は、実にすっきりとした顔をしていた。

「あたし、家に帰ることにしたわ」

息子の嫁の妊娠を知って、やはり放っておけなくなったという。「あーあ、これであたしもお祖母《ばあ》ちゃんだわ」などと言いながら、晶はとても嬉しそうだった。

充としては、もちろん寂しい。今や晶は、充にとって家族に近い存在だった。

おはようございます、いただきます、行ってきます、おかえりなさい――そんな言葉を交わす相手がいるだけで、日々の生活は温かなものになる。晶が来る前のこの家は、今より寒々しく、どこか薄暗かったような気さえする。

晶の作ってくれる食事は、いつも本当に美味しかった。それになにより、彼女と毎日のようにセックスできなくなるのは、正直、残念と言わざるを得ない。

しかし、引き止めるわけにもいかなかった。充はちょっとだけ努力して、笑顔で彼女の決意に賛同した。

ところが、話はこれで終わらない。

なんと、紗雪まで家に帰ると言いだしたのだ。

なんでも昨日の夜に紗雪の夫が、浮気を謝るメールを送ってきたのだそうだ。自分が悪かった、離婚の話は撤回したい、と。

紗雪は言った。「あの人も本気で後悔しているみたいで……。だから、今回は赦してあげようって気持ちになりました」

セックスの悦びに目覚めた紗雪は、相手を悦ばせることの嬉しさも知った。

すると、不感症の如き妻の相手をしていた夫のストレスも、多少は理解できるようになったという。つい出来心で浮気をしてしまったのだろう——そう思えるようになったそうだ。

「私も充さんといっぱいセックスしちゃいましたし、これでおあいこです」

と言って、紗雪は少しだけ悪戯っぽく笑った。

そんな彼女がなんだか可愛らしくて、充も、釣られるように少し笑う。

が、内心ではがっかりしていた。晶が帰ってしまうこと以上にショックだった。結局のところ、紗雪はまだ夫のことを愛していたのだから。

微笑みを引きずった複雑な表情で、充は呟く。

「じゃあ、皆さんとの生活も、これでおしまいですね……」

明るい声は出せなかった。充の言葉に、女たちも揃って顔を曇らせ、うつむいてしまう。リビングダイニングの空気が重たく沈む。

十分ほど経ったろうか。いや、もっと早かったかもしれない。

晶がさっと顔を上げ、充たちにこう言った。

「最後に、みんなで旅行にでも行かない？」

2

四日後の週末。充たちは一泊二日の冬山キャンプに向かった。

キャンプを提案したのは櫻子だった。彼女の亡夫がアウトドア趣味の持ち主で、キャンプ道具はひととおり揃っていた。一緒に行ったことのある櫻子も、それなりにキャンプの知識があるらしい。

「……夫の持っていたAVに、キャンプ場でエッチなことをするものもあったのよ」

と、櫻子は充にこっそり教えてくれた。もしかしたら、彼女の亡夫がアウトドアの趣味を持っていたのは、いつかそんな野外プレイをしてみたいと願っていたからかもしれない。

運良く県内のキャンプ場の予約が取れたので、週末までに大急ぎで準備をしたのだった。ちなみに櫻子は、愛犬のパグをペットホテルに預けてきたそうだ。

昼前に充の家を出発。車の運転をするのは櫻子だが、その車は、いつもの彼女のコンパクトカーではない。キャンプ道具を積み込まなければならないので、収納スペースの広いミニバンをレンタルしたのだ。

助手席に紗雪が、晶と充は二列目のシートに座った。三列目は荷物を載せるためにたたんでいる。

およそ一時間ほどの道程だった。皆で菓子をつまんだり、好きな音楽をかけてカラオケのように歌ったり、合唱したり。道路がやがて山間部に入ると、冬枯れした山々の、寂しげでありながら趣のある風景を静かに眺めた。

　やがて目的地のすぐ近くまでたどり着く。K県西部の山の中にキャンプ場はあり、そこから歩いて五分程度の場所には温泉施設がある。

　一直線にキャンプ場へは向かわず、まずはその温泉施設へ。そういう計画だった。

「モダン湯治」を掲げたその施設は、今時のスーパー銭湯のような、レジャー感覚で楽しめる場所である。温泉だけでなく、ファミリーレストランや、オープンテラスの洒落たカフェも併設されている。エステサロンまであるそうだ。

　土曜日だけあって、家族連れや若いカップル客も少なくない。メイン施設の温泉は混浴だが、ここでは水着着用の決まりがあり、事前にネットで調べてきた充たちは、ちゃんと水着を用意していた。

「うふふ、それじゃあね。あたしたちの水着、楽しみにしてなさい」

　晶たちは女子更衣室へ。充も男子更衣室でショートパンツの水着に着替え、早速、露天風呂へ向かった。

　二十五メートルプールのような大きな湯船を想像していたが、実際は横幅四、五メートルほどの岩風呂が、合わせて四つ、散らばっていた。ぐるりを囲む木製の塀の向こうには、落葉した枯れ木がずらっと並んでいる。

雨や雪が降っても温泉に入れるように、とても大きな、東屋《あずまや》のような雰囲気の屋根が、それぞれの露天風呂を丸ごと覆っていた。

ただ、屋根があるだけの吹きさらしなので、二月中旬の今、水着だけの格好で立っていると、震えが止まらなくなるほど寒かった。充は先に湯船に浸かって、女性陣が来るのを待つ。冷えた身体に熱めの湯がなんとも心地良かった。

それからしばらくすると晶たちがやってくる。

充は、彼女たちの水着姿を見て、思わず「おおっ」と声を上げた。

晶の水着は南国風のカラフルなビキニ。

トップスのカップは大きめで、露出度はそれほど高くない。ボトムスのビキニラインの角度もおとなしめだ。だが、その程度では、彼女の爆乳のインパクトは隠しきれていなかった。

櫻子は、シックな黒のワンピースである。背中が大きく開いたオープンバックが、大人の上品な色気を演出している。

そして紗雪の水着は――三人の中で断トツに露出度が高かった。

トップスの三角は今にも乳輪がはみ出しそうなほど小さく、ボトムスの股布の切れ込み具合も凄まじい。ビキニラインがあまりに鋭角なので、まるでふんどしのようだった。形良い小尻がほとんど丸出し状態である。

色はホワイト。生地も薄そうな感じで、濡れたらたちどころに乳首の桃色が透けてしまうのではと思われる。そんな過激すぎるビキニのおかげで、晶の爆乳以上に人目を引いていた。

男だけでなく、女からの驚きの視線も浴びて、紗雪はほとんど涙目になっている。顔を真っ赤にし、小柄な身体をさらに小さくして、晶や櫻子の後ろに隠れていた。

こんな大胆すぎる水着を、紗雪が自ら望んで身につけるはずもない。選んだのは充だった。

今回のキャンプ旅行で混浴温泉に寄ることが計画されると、晶は、新しい水着を買うため、ネットの通販サイトをあれこれと見て回ったのだった。そして「この水着、あたしたちの中で誰が一番似合うと思う?」と、ニヤニヤしながら充に尋ねてきた。

彼女のスマホに表示されていたのが、今、紗雪が着ている水着。ギリギリで女体の恥部を隠している、破廉恥極まりないマイクロビキニだった。

充は少し考えて、「紗雪さんですかね」と答えた。

すると晶は、「オッケー。じゃあ紗雪ちゃんの水着は、これに決まりね」と、早々に購入ボタンをタッチしたのだった。

もちろん紗雪は最初、断ろうとした。しかし晶が、「充が決めたのよ。紗雪ちゃんの水着はこれがいい、とっても似合うだろうって」と言うと、

「え……そ、そうですか。充さんがそうおっしゃるなら……わかりました、私、この水着でいいです」

困った様子ではにかみながらも、紗雪は承諾してしまったのだった。

しかし今、こうして多くの人々の視線に晒されると、やはり紗雪は、耐えがたい羞恥心に駆られているようである。手脚が絶えず震えているのは、寒さのせいだけではないだろう。

(実際に着ている姿を見ると、想像以上にエロいな……)

ビキニの三角形に、大振りの乳首の存在がしっかりとうかがえた。丸みを帯びた乳輪の膨らみすら見て取れる。

股間の部分の布も極小で、今にも大陰唇がはみ出しそうだ。おそらく、恥毛はすべて剃り落としているのだろう。ふんどしのような股布が、もしも女の溝にこれ以上食い込んだら、花弁がポロリと外にこぼれてしまうのではないだろうか。

女たちも湯船に入ってくると、充は、湯の中を泳ぐように紗雪に近づき、そっと耳打ちした。「紗雪さんの水着姿、最高にエロくて素敵ですよ」

「そんな、エロいだなんて……」

紗雪は眉をひそめ、イヤイヤと肩を揺らした。

充としては、まさにそんな彼女が見たかったのだ。痴女が着るような、こんな破廉恥な水着は、きっと晶のダイナマイトボディにも、櫻子の爛熟ボディにもよく似合ったことだろう。しかし、それよりも充が見たかったのは、こうして羞恥に身悶える紗雪の姿だった。

(紗雪さんって、不思議と意地悪したくなるんだよな)

紗雪のことを知れば知るほど、そんな気持ちが湧き上がってくる。

彼女が羞恥心に苛まれているのは嘘ではないだろう。だが、赤く火照った頬、潤んだ瞳、悩ましげにくねる肢体を見ていると、どうにも本気で嫌がっているようには見えないのである。あまりに艶めかしくて、彼女が密かに興奮しているようにすら思えてくるのである。

案外、彼女にはMの気質が秘められているのかもしれない。肉体的な痛みに悦びを覚えるタイプではなく、羞恥心によって妖しく高ぶるタイプの。

ここの温泉は濁り湯ではないので、助平な男たちが、湯船の中の紗雪の水着姿を遠間からチラチラと盗み見ていた。

そんな彼らの視線を少しでも遮ろうと、充は紗雪の前に移動する。紗雪はほっとした様子で、感謝の微笑みを充に向けた。充は嬉しくて胸が高鳴る。

（ああ、困ったな）

憧れの女性のこんな淫らな水着姿を、自分以外の男には見せたくない。

だが、衆人の視線に晒されて恥じらい悶える彼女をもっと見たい――という気持ちも禁じ得ないのだ。複雑な思いが充の中でせめぎ合う。

と、晶が不満そうに迫ってきた。

「充ったら、紗雪ちゃんだけじゃなく、あたしたちもちゃんと見なさい。今日のためにせっかく新しい水着を買ったのよ」

「あ……いや、もちろん晶さんの水着も、櫻子さんのも、とっても素敵ですよ」

突き出されたHカップの谷間に目を奪われながら、充は慌てて褒める。

もちろん本心である。赤、緑、黄色と、目にも鮮やかな原色で彩られたビキニは、晶の明るく健康的な色気によく似合っていた。

櫻子のワンピースは、シルク製なのか、しっとりとした黒の輝きがなんとも美しい。フリルで飾られた肩のストラップもさりげなくオシャレで、これでサングラスでもかけたら、バカンス中のセレブマダムのようである。

美熟女二人の水着姿のインパクトが強いので、いい意味で紗雪の淫らすぎる水着が悪目立ちしていなかった。もし晶と櫻子がいなかったら、周囲の人々の紗雪に向ける視線は、もっと蔑《さげす》むような、あるいは下卑《げび》たものになっていただろう。

晶は上半身でモデルの如くポーズを取り、

「あたしたちだって、まだまだ若い子には負けないんだから。櫻子さんもビキニにすれば良かったのに」

「私は晶さんほど自信はないのよ。もう人前でお腹なんて出せないわ」

晶さんの引き締まったお腹やお尻、紗雪さんのほっそりした太腿、本当に羨ましいもの。そう言って、櫻子は苦笑いを浮かべた。

その後は、プロポーションを保つためのエクササイズや、美肌のためのアンチエイジングの話などで女たちは盛り上がった。赤裸々な熟れ女子トークが続く。

五分ほど浸かったら、いったん湯から出て身体を冷まし、また肩まで浸かる。それを何度か繰り返しているうち、やがて晶が、

「ふぅ……あたし、もうそろそろいいわ」と言って、温泉から上がった。

「あ……じゃあ、私も」と、紗雪もそれに続く。

マイクロビキニは裏地になにか工夫がされているのか、思ったほどには透けていな

い。目を凝らすと、ほんのりとピンク色が滲んでいるような気がする程度である。

ただ、湯から出るときに、胸元の三角の布が少しずれてしまった。右側の乳輪の端っこが、ほんの少しだが、はみ出してしまっていたのだ。

幸い、周囲の人々はまだ気づいていないようである。充がすぐさま紗雪に小声で伝えると、紗雪は火を噴きそうな勢いで顔中を紅潮させ、慌ててずれた布を元の位置に直した。

そんな紗雪を眺めて、櫻子は堪えきれない様子でクスッと笑う。それから、「私はもうちょっと浸かっていくわ」と言った。

(ううん……僕ももう充分に堪能したかな。身体の芯までぽかぽかだ)

充も立ち上がろうとする——が、不意に湯船の中で、櫻子がギュッと手を握ってきた。まるで充を引き止めるみたいに。

そのことに晶も紗雪も気づいていないようだった。充が戸惑っているうちに、二人は更衣室へと行ってしまった。

「櫻子さん……?　えっと……な、なんでしょう?」

彼女はその問いに答えず、水着の胸元に指を入れて、なにかを取り出す。どうやらEカップの谷間にそれを隠し、この露天風呂にやってきたようだ。

「はい、これ」と、櫻子は、充にそれを差し出してきた。

密封チャックのついた小さなビニール袋に入ったそれは、なにかのリモコンのようだった。充はいぶかしみながら受け取り、「……なんですか、これ？」と尋ねた。

櫻子がこそこそと答える。

「それはね、ローターのリモコンよ。入れてきちゃったの」

その言葉の意味を理解するのに、少し時間がかかった。

ローター？　入れてきちゃった？　それがどういうことかわかると、充はギョッとした。「は、入ってるんですか？　櫻子さんの中に、今、ローターが？」

しーっ。櫻子ははにかみながら、唇の前で人差し指を立てる。

なんと彼女は、水着はおとなしいものを選んだくせに、とんでもなく淫猥な仕掛けを自らに施してきたのだった。

「静音タイプだから振動音も小さいのよ。気づかなかったでしょう？」

「えっ……う、動かしているんですか？」

「ええ、一番弱い振動でね」

更衣室で水着に着替える前にトイレに寄り、密かに仕込んできたという。それからずっと、長さ十センチほどのローターが、櫻子の膣内で静かに震えていたのだ。

啞然とする充を、櫻子が促してくる。

「ねえ、振動を一段強くしてくれるかしら？」

ボタンが一つあるだけのシンプルなリモコンだった。ボタンを長押しすれば電源がオンになり、後は押すたびに振動の強さやリズムが変わっていくという。

充は周囲を見回した。セクシーすぎる晶と紗雪がいなくなった今、もうこちらに視線を向けてくる者はいなさそうだった。それでもドキドキしながらボタンを押し、後ろめたさからすぐさま自分の水着のポケットにリモコンを突っ込む。

「あっ……ん、んふぅ」

櫻子が、艶めかしい吐息をこぼした。「今……五段階の振動の、二段階目ね。さっきまでよりもずっと気持ち良くなったわ」

傍目《はため》には、温泉の心地良さに耽っているだけのようだろう。櫻子の瞳はとろんと蕩け、半開きの朱唇からは熱く甘い息がゆっくりと吐き出される。

「ほ、本当に、振動してるんですか？」

「……確かめてみる？」

櫻子が湯の中で、充の手をつかむ。周囲に気づかれないように、何食わぬ顔でそれを己の股間に導く。

充の指が、股布の膨らみに触れる。すると、指先に硬い感触が伝わってきた。

それは確かに、密かな力強さで震えていた。

櫻子がひそひそと教えてくれる。「このローター、振動する部分が二つあって、Gスポットとクリトリスの両方に当たるようになっているの……。充くんが今触っているのは、クリトリスのための振動部の方ね」

くの字の形にカーブした細い連結部分があり、その両端にGスポット用のメイン振動部と、クリトリス用のサブ振動部がついている構造なのだそうだ。

サブ振動部はコンパクトな作りで、水着の股布を不自然に盛り上げたりはしない。こうして指で触れて、充は初めてその存在に気づいたのだった。

「一度やってみたかったのよ。周りに人がいっぱいいる場所で、こういうプレイ」

櫻子は、充の手を握ってきた。指を交互に絡めて、まるで恋人同士のように。

「一人でもできるプレイだけど、自分以外の人にリモコンを委《ゆだ》ねるのがいいのよ。いつ振動を変えられるのかわからないからドキドキしちゃうわ」

それは暗に、もっと振動を上げろと言っているのだろうか。

充は空いている方の手をポケットに入れて、リモコンのボタンを押す。

やにわに櫻子の表情がますます悩ましげになった。

「ああん、ね、充くん……私、イッちゃいそうよ」

微かに息を弾ませながら囁く。「Gスポットに振動がビリビリきているから、今イッたら……きっと潮吹きしちゃうわ」

「ま、まずいじゃないですか、それ……」

「ええ、まずいわよね。うふふっ」

困ったような、愉しんでいるような、なんとも色っぽい苦笑いを浮かべる櫻子。

「温泉の中で、お漏らししちゃうようなものだもの。あ、ああ……でも、もう我慢できないわ」

一瞬、充はリモコンで電源をオフにしようか迷う。

が、大人の女の低く響く媚声を聞き、艶めかしく歪んだ表情を見ていると、禁じられた行為への誘惑に、背徳の悦びに抗えなくなるのだった。

その結果、むしろローターの振動をさらに強くしてしまう。

「ア、アッ……イッちゃうわ、イクッ……んんんッ……!!」

櫻子の手が、充の手をギューッと握り締めてきた。

ほんの二、三メートル離れたところに、小さな子供を連れた夫婦がいた。若い男女の四人組がキャッキャとはしゃいでいた。彼らのうちの誰一人として、櫻子が今、愉悦を極めていることに気づいてはいない。

もし気づかれていたら大変なことになる。そのスリルが、櫻子の絶頂感をさらに甘美なものにしているのだ。

頃合いを見計らって、充がローターの電源を切ると、櫻子の手から少しずつ力が抜けていった。

櫻子は、充の耳元に朱唇を寄せて、荒い吐息交じりに囁く。

「……結構、いっぱい出ちゃったわ」

そして寄りかかってくる。上下に揺れる肩がぴったりとくっついてくる。

充は、なんとも困った。

衆人に囲まれながらの潮吹きプレイに興奮し、ペニスがフル勃起して水着を大きく突き上げてしまったのだ。これでは、充血が治まるまで湯から上がれない。

(今、このお湯に、櫻子さんのエッチな汁が混ざっているんだ……)

さらにそんなことを思うと、ますます肉棒はいきり立って、すぐには鎮まりそうもなかった。

櫻子が充の手を離し、水着の盛り上がりをそっと撫でてくる。「あん、凄い……」

そして、ごめんなさいねと謝る。今ここで怒張したイチモツをなだめる術《すべ》はないのだ。となると、自然に萎《な》えるのを待つしかなかった。

櫻子は先に上がることにし、去り際にこう耳打ちしていく。

「今は無理だけれど、その代わり、今夜はたっぷり気持ち良くしてあげるから――」

その言葉が脳裏に残って、充はしばらく湯から出られなかった。

3

湯上がりに施設内のレストランに寄り、充たちは軽めの昼食を済ます。

それからキャンプ場に向かった。到着し、受付を済ませたら、そのまま車でキャンプ場の中を移動する。

見晴らしのいい大広場には、他のキャンパーのテントがいくつか見受けられた。しかし、充たちが予約したのは森に少し入ったところの、こぢんまりとした広場の区画《サイト》である。洗い場やトイレなどから少し離れているからか、周囲に他のキャンパーのテントはなさそうだった。

広場の隅に車を停めると、「それじゃあ、まずはシェルターとテントを設置しましょう」と、櫻子が言った。シェルターとは、床面のない、外幕だけのドームのような形状をしていて、雨風や虫の侵入などを防いでくれるものだ。今の季節なら、冷たい外気もそれなりに遮ってくれるし、通気用の窓もあるから、中で石油ストーブなどが使えるのである。

ただ、シェルター内は地面が剝き出しなので、それだけで寝泊まりをするのは難しい。そのためシェルターの内部に、就寝用スペースとして、さらにテントを設置するのだ。それをカンガルースタイルというらしい。

櫻子の家にあったシェルターは、ダンゴムシのような半球状の形をしていた。ポリコットンという素材で出来ていて、保温性などいろいろメリットがあるものの、重量が十五キログラムもあり、かなり重たい。

「うわ、これは……結構大変ですね」

持ち上げようとして、ずっしりとしたその重量に充は目を丸くした。

「なぁに、充ったら、この程度の重さでだらしないわね。ふふふっ」

力仕事が得意な晶がいて、とても助かった。彼女の活躍で、無事にシェルターを設置することができた。内部に設置するインナーテントは、シェルターの天井などにフックで引っ掛け、蚊帳《かや》のように吊すタイプのもの。こちらはさほど力もいらないので、特に手間取ることもなかった。

こうしてシェルター内は、インナーテントと、それ以外のリビングスペースに分けられる。寝袋《シュラフ》などの寝具はテント内に入れて、それ以外のものをリビングに運び込んだ。四人分のアウトドアチェア、ミニテーブル、食材を入れたクーラーボックス、調理器具やカセットコンロなどなど。

ひととおりの設営が終わると、早速カセットコンロで湯を沸かし、一同はコーヒーでまったりする。石油ストーブに火をつければ、シェルターの中は思った以上に温かくなった。

このままなにもせずにのんびりするというのも贅沢な時間の過ごし方だが、それは晶の性に合わなかった。彼女はどうしても焚《た》き火がしたくて、櫻子に焚き火台を持ってきてもらっていたのだ。

「キャンプといったら、焚き火で料理でしょう。一度やってみたかったのよ」

夕食前のおやつとして、晶は焼きリンゴを作るという。

ただ、シェルター内での焚き火は基本的にNGだ。このシェルターやテントの素材は難燃性だというが、それでも火の粉が飛び散れば、どこかに火がつく可能性がある。ということで、シェルターから離れた外に焚き火台を設置した。

寒い寒いと震えながら、アルミホイルで包んだリンゴを焚き火であぶる晶。

やがて彼女は、「みんなの分の焼きリンゴも作ってるのに、なんであたしだけ寒い思いをしなきゃいけないの？」と、不満を訴えてきた。仕方がないので充たちも、晶に付き合って外に出た。

「ううぅ、寒いわ。ねえ、せっかくの焚き火を、なんでこんな弱火にしているの？　もっと薪《まき》をくべましょうよ」と、櫻子がこぼす。

が、晶は首を振った。「駄目です。あんまり火が強いと、リンゴの外側だけ焦げちゃうらしいので。これくらいの熾火《おきび》がいいんですって」

やむを得ず、押しくらまんじゅうをして温め合った。四人で背中をギュウギュウと押しつけ合っていると、なんだか妙に楽しくなってきて、誰とはなしに笑いだしてしまう。出来上がった焼きリンゴは、砂糖とバターの味付けも、火の通り具合もバッチリで、実に美味しかった。

焚き火の後始末をしたら、ランタンの光で、のんびりと夕食の準備を始める。メニューは海鮮鍋。ここに来るときの道中、漁港のある町に寄って、直売所で具材を買い揃えてきたのだ。

材料を切って鍋に投入するだけなので、わりと簡単に出来上がった。グツグツと鍋が煮えれば、魚介類のダシの香りがなんとも食欲をそそり、皆、競うように箸《はし》を伸ばす。晶と紗雪はビールを飲みながら。明日も運転をする櫻子は、それを横目にノンアルコールビールで我慢した。

日が暮れてぐっと気温が下がったのか、シェルターの中は、ストーブの温かさだけではやや物足りなくなっていた。だが、そのおかげで、熱々の鍋がより美味しく感じられた。

(ああ……今、僕、とっても幸せだ)

両親を亡くした充にとって、この時間は、家族の団欒《だんらん》に等しいものだった。おそらく、なにを食べても美味しく感じることだろう。キャンプという特別なイベントの最中においてはなおさらだ。

無論、一番の楽しみはこの後に残っている。そのためにも充はしっかりと食べて、精力を蓄えた。たとえばホタテには、タウリンや亜鉛が多く含まれていて、滋養強壮に優れた食品だという。

一方、女たちの食欲も目を見張るものがあり、締めのうどんもペロリだった。

夕食の後片づけが終わると、晶と紗雪に向かって、櫻子が言う。「それじゃあ、私からいかせてもらうわ。いいのよね？」

当然、セックスの話である。充は今夜、三人の女たち全員を相手にするのだ。

明日の運転のためにノンアルコールで我慢した櫻子が、今夜のトップバッターの権利を得る――という約束が取り決められていたらしい。

晶と紗雪はリビングスペースで順番待ち。充は、櫻子と寝室用のテントに潜り込んだ。四人用のテントなので、セックスをするにも充分な広さがあった。

テントの床には、断熱性の高い厚手の銀マットと毛布が敷かれている。おかげで地面の冷たさはさほど感じなかった。柔らかいので寝心地も悪くない。

天井にＬＥＤのランタンをぶら下げ、テントの出入り口を閉じた。雰囲気のある明かりの下、櫻子と二人っきりになると、充の脳裏には、昼間の温泉での、彼女の潮吹きアクメの有様が蘇ってくる。

ペニスは早くも気色ばんだ。櫻子と視線を交わすと、彼女はなにも言わずにただ微笑み、そっと頷く。

そして二人とも、服を脱いでいった。

逸る心で充が全裸になると、さすがに少々寒さを感じる。

セーターを脱ぎながら、櫻子が苦笑いを浮かべた。「本当はね、せっかくキャンプに来たんだから、野外プレイっていうのもしてみたかったのよ。でも、テントの中でもこの寒さだから、外でのセックスはちょっと厳しそうね」

石油ストーブがあるこのシェルターの中ですら、裸になるとこの肌寒さだった。真冬の野外でセックスなどしようものなら、下半身が凍えてしまうだろう。考えただけでペニスが縮みそうだ。

だが、露わになっていく熟れ肌を見れば、熱い血が股間に流れ込み、牡のシンボルはムクムクと膨張していく。

ブラジャーを外して完熟巨乳をさらけ出し、パンティを脱いで無毛の恥丘をあからさまにして、櫻子も生まれたままの姿になる。

充の股間の有様を目にした櫻子は、下腹に張りつかんばかりに反り返った肉棒を嬉しそうに握ってきた。

彼女の手はいつもより冷たくて、充は「ひっ」と、思わず悲鳴を上げてしまう。

「あん、ごめんなさい。お詫びに、お口で温めてあげるわ」

ひざまずくと、櫻子はすぐさま屹立を咥えてきた。

その口内でペニスは充分に温められる。彼女の口淫は、最初の頃よりずいぶん上達していて、亀頭にねっとりと舌を絡ませながら、なめらかな首振りで竿がしゃぶられた。

「んふぅ、んんっ……んぐ、うむ、ちゅぶぶっ」

さらに櫻子は、イチモツをしゃぶりながら自らの股ぐらをさすって、太マラを迎える準備をする。指先でクリトリスを撫で回す手つきが、なんとも淫猥だ。

「ぷはっ……あ、あぁん……さあどうぞ、充くん」

四つん這いで豊臀を突き出し、はしたなくも大股を開いて、櫻子は若牡を誘う。

ツルツルの大陰唇の内側で、妖しく濡れ光る媚肉。小振りのビラビラと、物欲しそうに蠢く穴。クリトリスも剝き出しでツンと突き立ち、静かに脈打っている。

(ああ、オマ×コって……いつ見ても、何度見ても、いやらしい)

充は、美熟女の唾液にまみれた肉棒を打ち震わせた。獣欲を高ぶらせ、むしゃぶりつくようにバックから挿入する。

櫻子は、遠吠えをする犬の如く頭を反らして、

「あ、あおぉん……いい、いいわぁ、最初から、思いっ切り来てちょうだい」

「はいっ」

充は勢いよく腰を振り始めた。柔軟性に富んだ膣壁は、極太の肉楔《にくくさび》を無理なく受け入れ、隅々まで密着し、角の立った膣襞を絡みつけてきた。

「くうぅ……櫻子さんのオマ×コ、今日もとっても気持ちいいです」

この熟れた肉穴に何度ペニスを差し込んだか、もはや数えることもできないが、嵌

めれば嵌めるほど、その嵌め心地はますます具合が良くなっていった。さながら履き込むほどに足に馴染んでくる上等な革靴の如く。

そして膣路がペニスに馴染めば、櫻子にもさらなる肉悦をもたらすようだった。

「あぅんん、私も……充くんのオチ×チン、凄く感じちゃうわぁ……あはぁ、あぁぁ、もっと奥を突いてちょうだい。深く抉ってぇぇ」

上擦った媚声で、櫻子は喘ぎまくった。充はさらに抽送を加速させ、力強く膣底を穿っては、パンッパンッパンッと熟臀に腰を叩きつける。

グチャグチャと蜜壺を掻き混ぜる音も鳴り響いた。と、不意にインナーテントの出入り口が開く。驚いて振り向く充と櫻子。

晶だった。彼女は眉間に皺を寄せ、ずかずかとテント内に闖入してくる。

「ねえ、あたしもう我慢できないぃ」

あたしたちも交《ま》ぜてと、駄々っ子のように訴えてくるのだった。

4

テントの中の声や物音は、リビングスペースにいる二人にも丸聞こえだったのだ。

晶は生々しい淫音に聴覚を刺激され、湧き上がる肉欲を抑えられなくなったらしい。

ただでさえ言いだしたら聞かない晶が、今はアルコールが入っていて、ますますわがままになっていた。こちらの返事も聞かずに服を脱ぎだしてしまう。櫻子は「しょうがないわねぇ」と溜め息をこぼした。

そして、紗雪も申し訳なさそうにテントの中に入ってくる。その顔には、ごめんなさい、でも自分も交ぜてほしいと書いてあった。

紗雪だけ仲間外れにはできないので、結局、皆で一緒にすることになった。充は、覚悟を決めて４Ｐに挑む。

素っ裸になった晶が、爆乳を揺らしながら擦り寄ってきた。

「うふっ、充、この一か月、ほんとにありがとうね」

「いえ、僕の方こそ、いっぱいお世話になりました」

なんといっても、童貞だった充に女の身体を教えてくれたのは晶だ。それに晶との再会がなければ、櫻子との出会いもなかったろうし、ひいては紗雪と関係を持つこともできなかったはずである。充は心から感謝していた。

晶が赤ら顔でにっこりと笑う。「充のおかげで、とっても楽しかったわ。あたし、子供の頃に、よく友達の家に入り浸っていたんだけど、あのときみたいだった。充の家は、凄く居心地が良かったわ」

櫻子と紗雪も、充に礼を述べた。櫻子は自分と亡き夫の願望を叶えることができたし、紗雪は身体のコンプレックスを、完全にではないが解消できた。その感謝の気持ちは、言葉だけでは表しきれないという。

「今夜の充は王様よ。あたしたちがたっぷりと奉仕してあげる」

晶が言うと、櫻子と紗雪も深く頷いた。

まずは充が櫻子の豊腰をつかみ、後背位のピストンを再開する。と、晶が横から抱きついてきた。晶に促されて、反対側から紗雪も、細身の女体を絡ませてくる。

右の二の腕は晶の爆乳に、左の二の腕は紗雪の美乳に挟まれた。

「ほぅら、充の大好きなオッパイよ。さあ、紗雪ちゃんも」

「あ、はい。ど、どうですか、充さん……？」

そして二人は、両手で双乳を持ち上げ、身を乗り出して、ムギュギュッと充の顔面に乳肉を押しつけてくる。

（おお、凄い、二人のオッパイでの同時ぱふぱふだ……！）

晶のHカップは充の顔の右半分を柔らかく包み込み、紗雪のDカップは心地良い弾力で左側の頬を圧迫してきた。

感触が違えば、匂いも異なる。二人の乳房の谷間には、それぞれの甘酸っぱい香りが馥郁《ふくいく》と籠もっていて、充はそれを胸一杯に吸い込む。

冬場とはいえ、衣服を重ね着し、ストーブで身体を温めれば、汗もかくし、蒸れたりもするのだろう。芳しい女体のアロマに鼻の奥を刺激され、牡の官能が掻き立てられる。

櫻子が艶めかしい悲鳴を漏らした。「やっ、ああっ、充くんのオチ×チンが、また大きくなったわ。……ひいいっ、アソコが、ああん、もっと広がっちゃうぅ」

どうやら牝フェロモンの効果で、太マラがますます膨張したようだ。それでも充は容赦なく腰を動かし、パツパツになった膣壁を、雁エラの段差で掻きむしった。

「くひぃぃ、す、凄いわ、熱い、火がついちゃいそうよぉ……お、おほっ」

「ううぅ、僕も、ああっ……チ×ポが、も、燃えちゃいそうです」

熱せられるほどにペニスは感度を増し、蜜肉による摩擦の悦でドクドクと先走り汁を吹きこぼした。

人生初の４Ｐ。自然に囲まれたアウトドアでのセックス。淫らにして、なんとも非日常的な状況である。その興奮に、充の射精感はみるみる高まっていった。

「あ、あっ、ごめんなさい……僕、もう出ちゃいそうです」

「うぅ、んっ、ううっ……充くん、イッちゃう？　イッちゃうのね？　ああん、いいわ、出して、いつでも好きなときに……その代わり、最後まで思いっ切り突いてちょうだい、ね？　あううっ、そ、そうよ、そううぅ」

腰が鉛のように重くなり、疼くような感覚が込み上げてくる。が、充は歯を食い縛って、全力のピストンで膣底を刺突《しとつ》した。女の急所であるポルチオを抉り続けた。

いつ射精してもいいと言われたものの、充としては、やはりできるだけ長く相手も悦ばせたい。肛門に気合いを入れ、少しでも限界を引き伸ばそうとする。

だがしかし、左右から顔面を乳房で包まれ、妖しく擦りつけられていると、なんだか自分自身がペニスそのものになって、二人がかりでパイズリをされているような奇妙な気分になり、理性も失われていくのだった。

「うぐうぅ、で、出るっ!!　ウウーッ、あっ、あああぁ」

ついには我慢できなくなって、子宮口をこじ開けんばかりに深々とペニスを突き刺し、大量の一番搾りを放出してしまう。

「あうぅン、オチ×チンがお腹の中でビクビクして……んふぅ、んおぉ、奥にいっぱい出てるわぁ……充くんのドロドロの精液、あ、あ、まだ出てるうぅ」

櫻子は、絶頂には至らなかったようだが、それでも熟れた桃尻を震わせて、中出し感覚にあられもなく悶えた。

射精の発作が治まり、充が太い息を漏らすや、「次はあたし！」と晶が宣言する。充は、晶の力強い腕で、身体ごと強引にペニスを引き抜かされた。そして仰向けに押し倒され、その上に晶がまたがってくる。

前戯の必要もなく、晶の秘唇は愛液を滴らせんばかりに濡れそぼち、たちまち騎乗位でイチモツの根元まで呑み込まれた。

得意の体位で、晶は早速、腰を振り始める。射精直後の、少々力感を失っていたペニスは、締まりのいい蜜肉にゴシゴシと擦られ、瞬く間に完全勃起状態を取り戻す。

「おほっ、おおぉ……充のオチ×ポ、ほんとぶっといわぁ。オマ×コがギチギチで、あはぁん、痛気持ちいいぃ」

充の脇腹に両手をつき、蜘蛛のような格好で大股を広げ、晶は、勢いよく身体を躍らせた。Hカップの肉房も、胸元からちぎれんばかりに跳ねまくった。

そして今度は、櫻子が横からちょっかいをかけてくる。充の左の頬にチュッと口づけし、そこからナメクジの如く舌を這わせていった。頬から首を経て、鎖骨《さこつ》をなぞり、胸板へと舐め進んでいく。

紗雪も四つん這いになって、恥ずかしそうに顔を赤らめながら、充の右側の頬に軽くキスしてくれた。それから櫻子と同じように、胸元へ向かって舐め下りていく。

(唇同士のキスじゃなかったけど、紗雪さんが僕に……ああ、嬉しい)

そして二人の舌が、ついに乳首に到達した。尖らせた先端でチロチロといじられると、充は思わず呻き声を漏らして肩を震わせた。

うふふっと、櫻子が愉しそうに微笑む。「どうかしら、左右の乳首をいっぺんに舐められた感想は?」

「ううっ……く、くすぐったいけど、気持ちいいです」

ムズムズするような妖しい快美感。その乳首の悦が相乗効果をもたらし、ペニスに走る摩擦快感までが、さらに甘美さを極めた。

なんという贅沢だろう。こうしてなにもせずに横たわっているだけで、女たちが寄ってたかって、腰を振り、舌で奉仕して、充に肉悦を与えてくれるのだ。まさに王様気分である。

ただ充は、いつまでも受け身でいることに満足できるような、おとなしい王様ではなかった。

「おうぅ……さ、紗雪さん……僕の顔にまたがってくれますか?」

一生懸命にレロレロと舌を使いながら、紗雪は、まるでオシッコを我慢するみたいに細身の太腿を擦り合わせていた。無論、我慢しているのは尿意ではないだろう。充は彼女にクンニをするため、顔面騎乗を促す。

「えっ……充さんの顔にまたがるだなんて、そんな申し訳ないこと、私……」

おとなしい性格の紗雪には、相手の顔面に女陰を押しつけて座り込むというのは、なかなかに抵抗を覚える体勢らしかった。だが、

「いいじゃない。充がしたいって言ってるんだから、してもらっちゃいなさいよ」

「そうそう。王様のご希望よ、紗雪さん」

晶と櫻子に背中を押されて、紗雪は結局、躊躇いながらも充の顔をまたいだ。

例の破廉恥ビキニを着るためだろう。薄い膨らみの恥丘は、やはり一本の和毛《にこげ》も残さず剃り尽くされていた。

そして紗雪の割れ目は、案の定、ぐっしょりと濡れていた。

「紗雪さん、身体の向きを逆にしてください。晶さんと向かい合うように」

「ええっ……でもそれじゃ、充さんの顔にお尻が……あぁ、わ、わかりました」

有無を言わさぬ眼差しでじっと見つめれば、紗雪は観念し、後ろ向きの体勢になっておずおずと着座してきた。充の顔面に肉溝が迫り、ツンとする刺激を含んだ甘い牝臭が、湿った熱気と共に降り注いでくる。

（紗雪さん、シェルターの設置や荷物運びのときに結構頑張っていたし、汗もいっぱいかいたんだろうな）

鼻腔に流れ込んでくる媚臭に、頭の芯がジーンと痺れた。

充はうっとりしながら、両手で紗雪の腰を抱え込み、最後の四、五センチを一気に引き寄せる。彼女の股ぐらが、ズンッと口元に着座するや、ねちっこく牝肉の割れ目を舐め始めた。

「やあぁん、こんな格好、恥ずかしい……けど、充さんの舌、とっても気持ちいいです……あう、あふうぅん」

大振りの肉真珠を舌粘膜で丹念に磨いてやれば、紗雪は敏感肌を震わせ、艶めかしく腰をくねらせた。充のすぐ目の前には、桃割れの狭間《はざま》に息づくピンクの蕾があり、紗雪が喘ぎ声を漏らすたびにヒクンヒクンと蠢いた。

生々しい匂いは特にしない。が、憧れの女性の、おそらく最も恥ずかしいであろう穴を間近に見るだけで、充は劣情をたぎらせ、荒々しく腰を突き上げる。

「ひいいっ、凄っ……それ、あぁぁ、いいわ、充ぅ……オチ×ポで、子宮が押し潰されちゃうわ……んほおぉ、イクッ、イッちゃいそうよぉ」

「くっ……お、おぉ……私も……クリトリスが破裂しちゃいそうです……ああ、もう、もう……！」

晶と紗雪が切羽詰まった震え声を上げた。充も限界が近かった。

極上の膣圧にペニスをしごかれ、乳首はチュッチュッと吸引された。ときに櫻子は、勃起した牡の乳首に軽く前歯を食い込ませてくる。甘い痺れに苛まれ、充は、高まる射精感を奥歯で嚙《か》み殺す。

まずは晶が、それに続いて紗雪もガクガクと女体を震わせた。

「あぁ、あはっ、もうダメっ……イッ、イッ……イクーッ!!」

「わ、私も、ううぅ、イッ、イッちゃいますっ……あっ、ああっ、ンンンーッ!!」

晶の膣穴が、熱烈にペニスを締め上げる。紗雪の膣穴からは多量の蜜が溢れ、充の顔にボタボタと滴った。濃密な牝のエキスは鼻の穴にも流れ込み、嗅覚を狂わせ、理性を痺れさせた。

「むぐっ、う、うおぅ……オオオッ!!」

充は獣の如く吠え、ほとんどブリッジ状態で腰を跳ね上げ、晶の膣壺にドクンドクンと熱い樹液を注ぎ込んだ。一発、二発、三発──。

「は……はぁ、はぁ……ふうぅ……さ、さあ、次は紗雪さんの番ですよ」

「ええっ？　充さん、少し休んだ方が……あ、あうぅ！」

晶が結合を解いてくれるや、充は、クンニの絶頂でふらふらしている紗雪を押し倒し、すぐさま正常位で挿入した。海鮮鍋で精をつけたおかげか、若勃起は、たった今射精したばかりでも、性交可能な硬さを充分に保っていた。

火照ったアクメ膣を容赦なく貫《つらぬ》き、ピストンを開始する。もちろん、スローな抽送を心がけた。それが紗雪を狂わせるのだ。

しかし、いうまでもなく、激しい肉の悦びに見舞われるのは紗雪だけではない。膣路の奥までイチモツを挿入すれば、行き止まりの窄まった部分に亀頭が嵌まって、そのたびにムチュッと吸いつかれるのである。

ネットで調べたところ、これは〝蛸壺〟という名前の名器なのだそうだ。まさに蛸の吸盤の如く、奥の膣肉が亀頭に張りついて、垂涎《すいぜん》ものの強烈な快感がペニスを駆け抜けるのだった。

紗雪は、息の詰まるような感覚に、食い縛った歯の隙間から呻き声を漏らし、地上に迷い出てしまったミミズの如くその身をくねらせる。

（クンニでイッたばかりなのに……ああっ、充さんのオチ×チンが気持ち良すぎて、頭がおかしくなっちゃいそう……！）

苦しい。が、痛くはない。腰の奥から広がる快美感に手足の先まで痺れていく。

これがセックスの悦び。少し前まではセックスなどしたくなかったのに、今ではすっかり嵌まってしまった。

できれば、これからもずっと充に抱かれたい。充が自分に好意を抱いてくれているのは、薄々勘づいていた。紗雪がお願いすれば、おそらく彼は、今後も関係を持ち続けてくれるだろう。しかし――

（ううん、それは駄目）

若い充にはいろんな可能性がある。きっとこれから明るい未来が待っている。

十一も年の離れた年増女の、しかも人妻なんかと後ろ暗い関係を続けたら、彼の将来を台無しにしてしまうかもしれない。

（充さんは私に素敵な思い出をくれたわ。それ以上を望んだら罰が当たっちゃう）

ポルチオを優しくノックされ、絶え間なく込み上げる快感に身悶えながらも、紗雪は、今にも蕩けそうな理性で考えた。

充とのセックスはこれでおしまい。この最後のセックスを、この快感と幸せな気持ちを、心と身体に深く刻み込んでおこう。

いつまでも、たとえ何十年経っても思い出せるように。

（うおぉ、紗雪さんのオマ×コ、うねるぅ！）

充は嵌め腰をわななと震わせた。蛸壺による吸着に加え、いつにも増して膣壁は躍動し、蠕動《ぜんどう》し、肉棒を子宮まで引きずり込むようにしながら揉み込んでくるのだ。たまらずカウパー腺液をちびりまくる。二度の射精を経たというのに、少しもペニスに余裕が感じられなかった。もし今、腰のストロークを、晶や櫻子と交わるときと同じような速さにしたら、充は瞬く間に果ててしまうだろう。

と、アクメの衝撃から回復した晶が、充の背中に近づいてきた。爆乳を押しつけながらネロネロと首筋を舐めたり、耳たぶを甘噛みしてきたりする。「ねえ充、充ぅ、早くイッてぇ。次は櫻子さんで、その次はまたあたしなんだからぁ」

充が射精するたびに女たちが入れ替わるローテーション。しかし充は、この最後の夜に、紗雪をできるだけたくさん昇天させたかった。それだけ充にとっては、紗雪は特別な女性だし、それに夫の元に帰ってしまう彼女とは、おそらく二度とこんなことはできないだろうから。

邪魔はされたくない。充は晶に、紗雪の乳首を愛撫するよう指示した。

「あたしが紗雪ちゃんに？　ううん、まあ、王様の命令とあれば仕方ないわねぇ」

などと言いつつ、意外と乗り気な感じで、晶は、紗雪の乳首を指先でいじりだす。紗雪の身体が敏感なのは、晶も心得ているので、軽やかに、くすぐるように。

「紗雪ちゃんの、凄くエッチな乳首ね。こんなに大きいのに……ふふっ、こうしてコチョコチョしてあげたら、もっと大きくなっちゃうのかしら？」

「いやぁ、ああん、晶さん、ダメです、女同士なのに……ひゃっ、んんーっ」

嫌悪感とまでは言わずとも、紗雪としては、やはり同性から触られるのは複雑な気分らしい。快感に悶えながらも、晶の手を払いのけようとする。が、逆に晶が紗雪の両手をつかんで、押さえ込んで、人差し指の先より大きな紗雪の乳首に、ヌルリ、ヌルリと舌を擦りつけていったのだった。

するとと今度は、櫻子が充に絡んできた。充の首に両腕を回して、しなだれかかる。

「うふふっ、まったく晶さんったらいやらしいわぁ。それじゃ王様、私はなにをすればいいかしら？」

「そ、そうですね。じゃあ……」

こうなったら全員まとめてイカせてやろうと、充は考えた。そして櫻子に耳打ちする。ニヤリと笑って、櫻子は自分の荷物を漁り、昼間、温泉で使った例のローターを取り出した。

櫻子はそれを、夢中になって紗雪の乳首を舐め回している晶の女陰に、一気に突き刺す。すぐさまリモコンで電源をオン。二段階、振動をパワーアップ。

「ひゃっ、アアアッ……や、やだ、櫻子さん、なにを……ああっ、痺れるぅ！」

静かな音でパワフルに動きだす双頭のローター。晶はブルブルと美臀を震わせながら、それでも紗雪への乳首責めをやめなかった。

「ありがとうございます、櫻子さん。それじゃあ、僕の横へ」

充は右手で、紗雪の左の太腿をしっかり抱えながら、左手は櫻子の股間に潜り込ませた。人差し指と中指を束ね、白蜜を滴らせている膣穴を刺し貫き、ズボズボと出し入れしながら親指ではクリトリスをこね回した。

「あうぅ、うぅん、嬉しいわぁ……あ、あん、指を、もっと奥まで、もっと掻きむしって、クリトリスも……お、おふっ、そうよ、グリグリ押し潰してちょうだいっ」

こうして三つの膣路を、ペニス、ローター、指で埋めると、女たちの淫声がテント内に満ち溢れた。充は首を横にして、櫻子の乳首に吸いつき、舐め転がしながら、丁寧なピストンで紗雪のポルチオ性感帯を小突き続けた。

勃起し、包皮から飛び出し、割れ目からはみ出た大粒の陰核にも、恥骨によるソフトな圧迫を施す。すると——

「あっ、あーっ、充さん、私もう……イッちゃいます、イッ、イグーッ!!」

まずは紗雪が弓なりに仰け反り、狂おしげに四肢を痙攣させる。

次に晶が引き締まった桃尻を突き上げ、淫水を撒《ま》き散らしながら絶頂した。続けて櫻子も、充の頭をその胸に抱きすくめ、ビブラートさせた媚声でアクメを告げる。

「やっ、やっ、漏らしちゃう、ダメ、あぁぁイクッ!! あぁっ、あっ、いやあぁぁ」

「く、くううぅ、指だけでこんなに感じちゃうなんて……あぁん、イクイクッ、イックううぅ!!」

充は櫻子から指を引き抜き、ローターもリモコンでオフにした。晶と櫻子がバタバタと倒れると、充は紗雪の身体に覆い被さってピストンに集中し、自らも射精感を追い込んでいく。

紗雪は絶頂に次ぐ絶頂で、もはやイキ癖がついてしまったらしい。ほとんど白目を剝き、充の一突き一突きに、イクゥ、イクゥとうなされるように呻き続けていた。

「くおぉ、紗雪さんのイキマ×コ、グニャグニャうねって凄く気持ちいいですっ。紗雪さんは僕のチ×ポ、どうですか？ 好きですか？」

「んひぃん、す、好きです、好きぃぃ、充さんのアソコ……オ……オチ×チン、大好きっ……あはぁあぁ、イクッ、イクううぅん」

ああっ、紗雪さん！

充には今の紗雪の言葉が、愛の告白のように聞こえた。高ぶる興奮に頭の中が沸騰し、次の瞬間、怒濤《どとう》の勢いでザーメンを噴出する。

「ああっ、す、好きです、紗雪さん、ウウウーッ!!」

三度目とは思えぬ大量射精に脈打つペニスを、なおも膣壁に擦りつけながら、充は思わず紗雪の唇を奪った。勢いに乗って、彼女の口内に舌を潜り込ませる。

互いの舌が触れ合った。彼女の唾液の甘さと、微かなビールのほろ苦さ。

オルガスムスに酔いしれているせいか、紗雪は驚きもせず、すぐに自らの舌を絡ませて、甘ったるい声を喉の奥から漏らした。

「あぁ……ううん、うむ、んん、んっ」

膣口が嬉しそうにペニスを締めつけてくる。充は腰を震わせて、最後の一滴まで彼女への愛を搾り出した。

射精が終わっても、しばらく唇を合わせ続けた。

今だけは、心も身体も彼女と繋がっている。そう思えた。

5

その日は夜が更《ふ》けるまで、三人の女たちに奉仕されながら組んずほぐれつ。

途中、どうしても櫻子が外でしたいと言うので、みんなでシェルターの外に出た。

ダウンジャケットだけ羽織っていたが、それでも物凄く寒い。案の定、ペニスは縮み上がってしまい、とてもセックスどころではなかった。

だが、見上げた夜空はとても美しかった。木々に囲まれた深い藍色の天幕に、数えきれぬほどの星々が煌めいていた。

この夜空を、充は一生忘れないと思った。

翌日はキャンプ飯の定番であるカップラーメンを皆ですすり、テントとシェルターをたたんで後片づけを済ませ、午前十時にチェックアウト。

昨日の温泉施設にまた寄って、お土産を買って帰路に就いた。

行きは二列目の座席だった充は、今度は助手席に座った。昨夜のセックスの疲れを引きずっているのか、女たちの口数は少ない。充もなんとなく外の景色を眺める。

と、不意に紗雪が驚いた声を上げた。「晶さん、どうしたんですか？」

充が助手席から振り返ると、晶がボロボロと泣いていた。

「だ……だって……キャンプの最中はあんなに楽しかったのに、なんだか急に寂しくなってきちゃったんだもん」

晶は今さら、「やっぱり帰るのやめようかしら」などと言いだす。

「旅行の帰りって、なんだか寂しくなっちゃうわよね」と、櫻子が言った。「でも、家に帰ると、やっぱり我が家が一番って思うじゃない。そういうものよ」

すると晶は、ぐずっている子供のようにブンブンと首を振った。

「今の私にとって、もう充の家も、我が家みたいなものなんだもの……！」

紗雪がポケットティッシュを差し出す。晶はそれを受け取り、チーンと鼻をかむ。

「晶さんの気持ち、私もわかります……」と、紗雪も瞳を潤ませた。

充はなにも言えなかった。櫻子も口を閉ざす。

車の中はしんみりした空気に沈んだ。

エピローグ

だが、人の心は変わるものである。

その後、自宅に戻った晶は、妊婦となった息子の嫁を気遣いながら、まずまず幸せに暮らしているらしい。もちろん、それ以降も、晶が充の家に遊びにくることはあったが、泊めてと言いだすことはなかった。

櫻子は、晶から「充の世話、お願いしますね」と言われたこともあってか、それからも変わらず充の家にやってきた。ただ、櫻子が淫らなプレイを望むことは少なくなり、その代わり、以前よりも充を、実の息子のように可愛がるようになった。性欲が多少落ち着いて、その分、母性愛が高まったのかもしれない。食事や洗濯など、甲斐甲斐しく充の面倒を見てくれた。

紗雪は、これまでいつも相手の言いなりだった態度を改め、しっかりと夫婦の話し合いをしたそうだ。そこに櫻子も、弁護士として同席したという。

紗雪の夫は案外小心者のようで、弁護士の存在にすっかり畏縮してしまい、櫻子に問い詰められると、ごまかしや、自分勝手な言い訳などできなくなってしまったそうだ。紗雪に離婚を告げて家を出た彼は、しばらく浮気相手の女のところに転がり込んでいたらしいが、結局はその女に振られて追い出されたという。

櫻子の、弁護士の経験からの推察では、おそらくこの夫は、浮気相手と再婚するつもりだったのだ。しかし相手の女にその意思はなく、要は遊びだったのだろう。

愛人に振られたから妻の元に戻る。なんとも虫のいい話だが、それでも紗雪は夫を赦した。負い目のある彼は、これまではないがしろにしていた紗雪の意見や意思を、一応は尊重するようになったという。

が、それも長くは続かなかった。

紗雪の夫には、対等な夫婦関係というものは耐えられなかったようだ。もはや〝従順な妻〟ではなくなった紗雪を愛することはできず、今度は彼の方が、夫婦の営みにも苦痛を感じるようになったらしい。

この夫婦関係を修復することは、おそらくもう無理だろう。そう判断して、半年後には紗雪の方から離婚を申し出たのだった。

こうして独り身となった紗雪を、充が放っておくわけがない。ついに覚悟を決め、紗雪に愛の告白をする。最初、彼女は断った。しかし充が諦めずに自分の想いを伝え続けると、やがて彼女は、おずおずとこう言った。

本当に、私でいいんですか……？　と。

「ほーら、気持ちいいでしょう。でも、イッちゃ駄目よ。あたしの番で射精しちゃったら赦さないいんだから」

「う、うぐっ……中のデコボコが、あぁぁ」

充はリビングダイニングのソファーで、下半身を丸出しにして悶え、呻いた。ペニスはいわゆるオナホールにずっぽりと差し込まれている。透明なシリコン製なので、肉棒が人工の膣路を行ったり来たりしている様がありありと見て取れた。そのオナホールを晶が握り、愉しそうに振っているのである。そばには櫻子と紗雪もいて、太マラが抜き差しされるたびにシリコンの通路が広がったり戻ったりする様子を、熱っぽい好奇の眼差しで見つめていた。

紗雪がまた充の家で暮らすようになってひと月ほど経った、九月中旬のある夜。

久しぶりに三人の女たちがこの家に揃った。きっかけは晶がとある海外ミステリードラマに嵌まったことで、櫻子にもその熱が伝染し、せっかくならみんなで観ましょうということになったのである。今夜はそのシリーズのシーズン2、一話一時間の作品の全八話を、一気に観ることになっていた。晶が充の家に泊まるのはあのとき以来だし、櫻子においては初めてである。

充と紗雪も、今夜のためにシーズン1を予習していた。Lサイズのピザを四枚もデリバリーで注文して、午後六時から皆で観始めた。それなのに今、どうして充がオナホールで責められているのかというと――

晶が飽きてしまったのである。シーズン1は、最初から最後まで、息つく暇もないほど面白かったが、シーズン2になって、明らかにその勢いが失われていた。

櫻子もがっかりした様子で、適当にテレビ画面を眺めながら、とうとうスマホをいじりだす始末。だったらもう観るのをやめればいいのだが、晶は、絶対駄目、最後まで観ると言い張った。

「話は全然面白くないけど、主人公の恋人を殺したのは誰なのか、それだけはめちゃくちゃ気になるのよ！」

ネットでネタバレ記事を見てしまうという手もあるが、それも嫌だと、晶は拒否した。そういうわけで仕方なく皆で観続けているのだった。

その退屈しのぎとして、充のペニスを使ったゲームが始まったのである。

オナホールは、三月の充の誕生日に、晶がプレゼントしてくれたものだった。それを使って、三人の女たちが、順番に肉棒をしごき立てるのだ。一分ごとに交代し、射精させてしまった者の負けというルールである。

晶の次に、櫻子がシリコン製の筒を握った。「こんな感じかしら？」と、緩やかなストロークで上下させる。男を射精させることに徹底した人工膣は、スローな抽送でも充分に気持ち良かった。

（ああ、ヒダヒダが、イボイボが……）

オナホールの狭穴の中には、本物の膣路を上回るほどの、凄まじい量の細かい襞が刻まれていた。そして場所によっては、足つぼマッサージ器具のような粒々があるのだ。内部を満たすローションによって、それらが雁エラや裏筋にヌルヌルと絡みつき、擦り立ててくる。

一分経って、紗雪の番となった。射精させてしまっては負けなので、紗雪も様子を見るようにそろそろと動かした。ただ、皆があまりにゆっくりなストロークにすると、いつまでも勝負がつかなくなるので、〝充が気持ち良くなるような動かし方をすること〟という一応の決まりは守らなければならない。

その後、さらに一周してから、晶に三度目の順番が回ってきた。オナホールの握り具合で人口膣の締めつけも変わり、晶はそれを駆使して肉棒を責めてくる。

「うわっ、こ、擦れる……ウウッ」

そろそろ充の射精感が限界に近づいていた。と、不意に晶が、「罰ゲームはどうしようかしら？」と言いだす。そういえば、まだ決めていなかった。

「エッチな格好で買い出しに行ってくるっていうのはどうかしら？」と、櫻子が提案した。彼女は部屋の隅の置いた自分の荷物から一着の服を取り出し、「これなんかどう？」と、皆の前に掲げる。

それは充が櫻子と初めてセックスをしたときの服。忘れもしない、あの童貞を殺すセーターだった。

「わ、やらしい服ぅ。そんな服、なんで持ってきたんですか？」と、晶が尋ねる。

櫻子は照れくさそうに答えた。「久しぶりにちょっと着てみようかと思って、持ってきたのよ」

櫻子は今日の集まりでビールを飲むつもりだったから、ここまで電車で来たのだ。駅のトイレでそのセーターに着替えて、車内でスリルを愉しもうかと思ったそうだが、結局、一人では勇気が出なくて諦めたという。

充は俄然、そのセーターを紗雪に着せたくなった。破廉恥極まりないその格好で買い出しに行き、羞恥に悶える紗雪が見たくなった。

晶から交代して、櫻子の番になる。櫻子は、案外この罰ゲームを受けたいと思っているのか、これまでになくオナホールを振り立て、ローション穴にグッチョグッチョとペニスを出し入れする。しかし櫻子には悪いが、充は肛門を締め上げ、高まる射精感を全力でしのいだ。

そして一分経過し、紗雪の番となった。

「あぁぁ、お願いします、充さん、どうか我慢してください。私、あんなエッチな服、む、無理です……」

顔を真っ赤にし、眉をハの字にして、早くも涙目になっている紗雪。

皮肉なことに、そんな紗雪の表情が妙に愛おしく、どうにも男の劣情を煽り立てるのである。ハァハァと乱れる吐息も艶めかしい。

真面目で正直な紗雪は、震える手で、それでも健気《けなげ》にオナホールを振った。

ごめんなさいと、充は心の中で謝る。

そして大量の白濁液を、透明なシリコン穴の一番奥に向かって勢いよく放出したのだった。


（了）

※本作品はフィクションです。作品内に登場する
団体、人物、地域等は実在のものとは関係ありません。

ふしだら熟女《じゅくじょ》の家《いえ》
〈書き下ろし長編官能小説〉
2023 年 2 月 13 日初版第一刷発行

著者……………………………………………九坂久太郎

デザイン……………………………………小林厚二

発行人…………………………………………後藤明信
発行所…………………………………株式会社竹書房
〒 102-0075 東京都千代田区三番町 8-1
三番町東急ビル 6F
email：info@takeshobo.co.jp
竹書房ホームページ http://www.takeshobo.co.jp
印刷所…………………………中央精版印刷株式会社

■定価はカバーに表示してあります。
■落丁・乱丁があった場合は、furyo@takeshobo.co.jp までメールにて
お問い合わせください。